一日百回（くらい）目が合う
後輩女子マネージャーが
想っていること
先輩
よ、よ
お水……
姫咲真耶
ひめさき・まや
星ヶ丘学園の男子バスケ部でマネージャーを努める、一年生の女の子。真面目で責任感が強い。あと、胸が大きい

ど、どうでしょうか？
この格好は……

こ、ここここ、告白だなんてそんなこと……！

やっぱお姉ちゃんが
がんばるしかないよ。
さっさと告っちゃえば
話が早いのにさぁ
姫咲雫
ひめさき・しずく
真耶の妹で、小学五年生にしてはちょっとませた女の子。お年頃なのか、姉の恋愛相談にも興味津々で乗っている

は、早く食べてください。
こぼれてしまいます
は、はい、……あ、あーん

姫咲さんが俺の世話……？
これって夢なんじゃないか？
その証拠になんか頭がクラクラするし……。
いくらマネージャーだからって、
こんなことまでするものなんだろうか。
やっぱりこれは、熱で茹だった脳味噌が
見せる夢なのかもしれない。
如月直輝《きさらぎ・なおき》
星ヶ丘学園の男子バスケ部でレギュラーを目指し頑張る高校二年生。身長が低いことがコンプレックスである

Contents

What a junior
female manager thinks,
who sees me (about)
100 times a day.

一日百回（くらい）目が合う
後輩女子マネージャーが想っていること

恵比須清司

ファンタジア文庫

3208

口絵・本文イラスト　みこフライ

一日百回（くらい）目が合う
後輩女子マネージャーが
想っていること
★GAOKA
HOSHIGA
HIGH SC

Character

その……、あんまりジッと見られると落ち着かないというか……

如月 直輝《きさらぎ なおき》

背が低いため万年補欠で、その差を埋めるべく練習をしているバスケ部二年。最近、真耶からの視線に気付き、彼女に興味を抱く

ま、マネージャーですからそのくらい当然です！

姫咲 真耶《ひめさき まや》

直輝のことがとにかく大好きなバスケ部マネージャー。その実は、マネージャーという口実がなければ、素直に喋りかけられない純情乙女

鹿島 千尋《かしま ちひろ》
女子バスケ部のキャプテンで、全国出場経験の持ち主。クラスは別だが、休み時間のたびにわざわざ会いに来るほど、直輝のことが大好きな幼馴染
大丈夫だよぉ。なおくんの前以外ではちゃんとするから
漢がKAWAIIを目指して何が悪い！
早乙女 啓介《さおとめ けいすけ》
直輝とは十年来の親友。バスケ部のキャプテンで容姿も良く、女子からの人気は絶大だが、女装癖ありという他人には言えない個性を持つ

プロローグ

静まり返った体育館の中に、バスケットボールが跳ねる音が響きます。

私は部室から持ってきたパイプ椅子に腰掛けながら、部員達が着用していたビブスの繕い作業をしていたのですが、その音に誘われるように顔を上げます。

部活も終わり他の部員全員が既に帰った後、完全下校時間も迫る中、先輩がいつものように一人で黙々と練習を続けていました。

如月直輝《きさらぎなおき》先輩。

部の中でもあまり目立たず控え目な先輩が、実はこうやって毎日自主的に居残って練習をしているなんて、きっと誰も想像できないでしょう。

知っているのは先輩と顧問の三橋《みつはし》先生、それとマネージャーの私だけ。

その事実にほのかな優越感を覚えながら、私はそのまま先輩をジッと見つめます。

先輩はいろいろなフォームでドリブルを続けていたかと思うと、まるでそこにディフェンスがいるかのような動きで素早く前に踏み出し、そのままシュートを決めました。

その一連の鮮やかな動作に、私は思わず手を止めて見とれてしまいます。

しかし、その時ふと先輩と目が合ってしまいました。

いけない！　と思って私はすぐさま目を逸《そ》らします。

いくら先輩のことをずっと見ていたいからといって、あからさますぎるとご迷惑になりますし、なにより恥ずかしすぎます。

私は慌てて針を動かし作業に戻ろうとします。しかし、しばらくするとまた視線は自然と先輩の方へと向いていってしまいます。

ちゃんとマネージャーの仕事をしないとという思いと、先輩の姿が見たいという思いがせめぎ合い、目が勝手にチラチラと様子を窺《うかが》ってしまうのです。

「あ、痛……っ」

そんなことをしていたためか、手元が狂って指を針で突いてしまう私。

「姫咲《ひめさき》さん、どうしたの？」

ちょうどその声が一息吐《つ》いていた先輩の耳に届いてしまい、先輩は練習を中断して心配そうにこちらにやって来ます。

そうして私の指を見ると「ちょっと待ってて」と言って、置いてあった自分の鞄《かばん》の所へ向かい、ハンドサイズの救急箱を持って戻ってきました。

「……はい。これで大丈夫」

先輩は慣れた手つきで消毒を済ませ、私の指に絆創膏《ばんそうこう》を巻いてくれました。

その手際《てぎわ》の良さや先輩の笑顔に私は呆然《ぼうぜん》としてしまいます。

……先輩の巻いてくれた絆創膏。もう二度と外したくない……。なんて考えが頭をよぎりましたが、ハッと頭を振ってそんな妄想を振り払います。

「す、すみません先輩、ご迷惑をおかけしてしまいました」

「いや、むしろ俺の方が姫咲さんに迷惑をかけてるから。そのビブスの補修だって本当は部室でやることなのに、俺に付き合って体育館に持ち込んでやってくれてるわけだし」

そう言って先輩は、私の横にあったビブスの入ったカゴを指さします。

「もし気が散るようならごめん。私のことは気にしないで大丈夫ですから」

「と、とんでもありません。私のことは気にしないで大丈夫ですから」

私はそれを聞いて慌てて首を横に振ります。

先輩の居残り練習にお付き合いしたいけれど、私が手持ち無沙汰でいると先輩が気になって集中できないかもしれないから、わざわざ部活中にできる作業を残して今この時間にやっているわけです。

なのにそれが原因で先輩に気をつかっていただくなんて……、本末転倒です。

「先輩はどうかご自分の練習に集中してください。それを見守るのが、マネージャーである私の務めですから。め、迷惑だなどと思ったことは一度もありません」

私はなんとかマネージャーとしての顔を取り繕いながらそう答えます。

「……ありがとう。一日でも早くレギュラーになれるように練習がんばるよ」

すると先輩はそう言って、ふっと優しい笑みを浮かべたのでした。

それを見た私の胸は、きゅうっと甘く締め付けられます。

ドキドキと心臓が高鳴り、いよいよ先輩から目が離せなくなってしまいます。

——先輩のお役に立ちたい。少しでも先輩のお力になりたい。

そんな想《おも》いが溢《あふ》れてきて居ても立ってても居られなくなります。でもそれは仕方がないことなんです。だって、私はそのために先輩のいるこの高校に進学し、男子バスケ部のマネージャーになったのですから。

……本人の前では恥ずかしくて絶対に言えないことですけど。

「せ、先輩、喉は渇いていませんか？　お飲み物をご用意しています」

気がつけば、私はいつの間にかそんなことを口に出していました。

先輩は少し驚いたように目を見開きましたが、やがて「ちょうど水分補給しようと思ってた」と頷《うなず》きました。

私は心の中で小さくガッツポーズをとりながら、傍《そば》に置いてあった自分の鞄を開けて、用意しておいたスポーツドリンクを取り出そうとします。

ちゃんと保冷剤に包《くる》んで万全の状態。今日のところは市販のものですが、いずれは手作りドリンクなどもお渡しできればと考えていたり。えへへ……。

「はい、どうぞ先輩――」

そんなことを考えながらドリンクを取り出す私でしたが、ふと動きが止まります。

というのも、同じ鞄の中にあった飲みかけの別のペットボトルが目に入ったからです。

自分用に買って、さっき少し開けて飲んだもの。

それが目に入った瞬間、私の頭にある考えが稲妻のように走りました。

……………これを渡したら間接キスができてしまうのでは……？

「……？　姫咲さん？」

……いえ、いえいえいえ！　そんな！　そんなのダメですよね⁉

で、でもまだちょっとしか飲んでないし……、って、そんな問題ではなくて！

ダメでしょうそんな！　け、けど先輩と、か、間接……！

「ど、どうぞこれを！」

頭の中がグルグルする中、私が急いで取り出したのは――

……結局未開封の方でした。

ドリンクを受け取った先輩は、封を開けて美味《おい》しそうに飲んでいきます。

バスケの練習をしている時はもちろん、こうやって普通に飲み物を飲んでいる姿でさえカッコよくて、先輩の一挙手一投足全てにときめいてしまう自分に少し呆《あき》れつつも、私はまた見とれてしまいます。

とはいえ内心では、結局開封済みの方を渡せなかったことに残念さも感じる私。

いえいえ、そんなの卑怯《ひきょう》だしこれでよかったんです。

……と理性では思いつつも、勇気がなくてほんの小さな一歩さえ踏み出せない自分をもどかしくも思います。

「ご馳走《ちそう》さま。お金は後で払うから」

そんな私の想いなど知る由《よし》もなく先輩はドリンクを飲み干すと、そう言って再び練習へと戻って行きました。

私は空になったペットボトルをしばらくの間ギュッと握りしめていましたが、やがてまた元の補修作業に戻ろうとします。

しかし相変わらず視線は先輩に勝手に引き寄せられるし、胸はドキドキしたままだったので、もうとても作業どころではありませんでした。

「……はぁ、先輩」

自然と、ため息とともに言葉が漏れます。

残念なような、でも心が満たされるような、なんともいえない不思議な気持ちを抱きながら、私は先輩を熱い視線で眺めつつ今のこの時間を噛《か》みしめます。

なにはともあれ、こうやって先輩との二人きりの時間があるだけで、私はもう幸せでいっぱいになってしまうのです。

私は胸にそっと手を当てながら、心の中でこう呟《つぶや》きます。

……先輩、好きです……。

もうずっと、あの時から……。

第一章　女子マネージャー

体育館の中では、部員達の掛け声やシューズが床に擦《こす》れる音が響いていた。

いつも通りの練習風景。俺は一息つくため、壁にもたれかかる。

横には俺と同じように小休止している部員達が何人かいた。なにやら楽しそうに雑談をしているが、俺はそれに交ざることなくぼんやりと天井を眺める。

別にハブられてるわけでも孤独を気取っているわけでもない。

今はちょっと、一人で考えたい気分だったからだ。

俺には最近気になることがあった。

それは、部活中によく誰かからの視線を感じることだ。

練習中、ふと気づいたら誰かから見られているような感じがする。

そうなったのはこの春、二年に上がってからのこと。去年まではそんなのはなかった。

ちなみに、これは不気味な話とかじゃない。幽霊とかホラーとか、そっち方面の話じゃないからそこは安心してほしい。

というのも、その『誰か』っていうのはハッキリわかっているからだ。

姫咲真耶《まや》。

この春うちの学校に入学した新入生で、同時に男子バスケ部にマネージャーとして入部してきた女子生徒だ。

この姫咲真耶という女の子は、一言でいえばすごい子だった。噂話《うわさばなし》に興味がない俺でも知ってるくらい、いろいろな逸話が耳に飛び込んでくるのだ。

その中で真っ先に出てくるのは、やっぱり姫咲さんがとんでもないレベルの美少女であるが故のものが多い。

その美少女ぶりは、百人以上の男子から告白されたもののことごとくふってしまったとか、芸能界のスカウトを蹴ったとか、実はアイドルデビュー間近だとか、そんな噂がまことしやかに飛び交うほどだ。

そういった真偽不明なものはさておき、クラスの男子の一部が姫咲さん目当てで『俺もバスケ部に入ろっかなー』なんて言ってたのは実際に聞いたことがある。確かにそう言いたくなるくらい可愛《かわい》い子だというのは、俺の目から見ても納得だった。

そして噂は見た目についてだけじゃなく、その頭脳に関することも多くあった。

なんと入学試験の点数がトップだったというのだ。しかも全教科満点でテストを通過したとかいうから、本当だとしたらもうありえないくらいすごい。

あとは——……これは俺がどうとかって話じゃないけど、スタイルも相当すごいらしい。中でも胸の大きさがとんでもないらしく、男子達が頻繁にそんな噂をしていた。

……何度も言うが、俺がガン見して確かめたわけじゃないからな？　念のため。

とにかく、そんな感じの姫咲さんなので、多くの部活からお誘いがあったに違いない。

しかし彼女はマネージャーとしてうち——男子バスケ部に入部してきた。

そのせいで、今年の新入部員希望者は文字通り殺到してしまうことになる。もっとも、姫咲さん目当てじゃなく本当にバスケをしたいやつ以外は、顧問によって容赦なく叩《たた》き返されたわけだが。

……それにしても、うちは全国大会を目標にがんばってはいるけど、女子バスと違ってまだこれといった実績はないんだよな。なのにわざわざマネージャーとして入ってくるなんて、それだけバスケが好きってことなのかな？　まあバスケは面白いからな。

なにはともあれ、俺はそんな姫咲さんのことが気になっていた。

といっても変な意味じゃなく、最初に言った理由で気になっているわけで——つまり俺は、最近やたらと姫咲さんからの視線を感じるのだ。

最初は勘違いだと思ってた。

誰かに見られているような気がしてふと何気なく振り向いた時、なんだか視線が合うことが多いなー程度だったんだ。

でもそれが二回も三回も――……いや、そんなレベルじゃないな。一日に何十回も何百回もという感じで続くと、さすがに偶然じゃないと思わざるを得なくなってくる。

もちろんその理由は考えた。なにか怒らせることでもしたか？　とか、どっかで会ったっけ？　なんて心当たりを探ってはみたんだ。

けど俺と姫咲さんとは部活で会ったら挨拶を交わす程度で、同じ部に所属しているという以外では接点はまるでない。だから怒らせるも何もないはずだった。

もう一つの方なんて論外だ。あんな清楚《せいそ》を絵に描いたような美少女に会ったことがあるなら、そもそもそんなこと忘れるわけもない。なのでこれも違う。

つまり……、考えた結果は謎しか残らなかった。

俺は残念ながらレギュラー選手でもない単なる平部員だし、自分で言うのもあれだけど存在感もない。つまり、誰かから注目されたりするようなこともないはずなんだ。

けど……。

「あ」

今もまた、ふと体育館の反対側へと顔を向けると、そこに立っていた姫咲さんと目が合った。といっても目が合った途端、今みたいにパッと視線を外されるのだが。

これで何回目だろう？　ぶっちゃけもう数えてないけど、今日もまた確実に五十回は超えてると思う。姫咲さんはクリップボードを持って部員達の動きをメモっているらしいのだが、だったら休憩してる俺の方を見る理由はないはず。

……もしかして休憩していることを暗に咎《とが》めてるのか？　もしくは、知らないうちに何か彼女から恨みを買うようなことをしたとか？

そういえば視線に妙に力がこもってるような気もするし……。

「……ううん、やっぱわからん」

俺はしばらく腕を組んで唸《うな》っていたが、やがて諦めて首を振った。

いくら考えても、自分が姫咲さんから注目されるような理由は思い当たらない。

ここ数日、いろいろな可能性を検討してみたけどさっぱりだ。

正直な話、そんなに悩むくらいなら本人に直接訊《き》けばいいじゃないかっていう人もいるかもしれない。俺だって実はそう思ったこともある。

けど、よく考えてみてくれ。

「姫咲さんってどうして俺のことよく見てるの？」

……こんなこと面と向かって訊けるか？

どれだけ自意識過剰なんだって思わないか？　少なくとも俺なら思う。

しかもだ、目が合うってことは俺も彼女の方を見てるってわけだから、もし俺が感じた方が勘違いで、逆に姫咲さんが俺からの視線を感じてこっちを振り向いていたとしたらどうなる？

「え？　先輩の方が見てきてたんでしょう？　気持ち悪いのでやめてください」

もし不用意に質問してこんな答えが返ってきたら、俺は死ぬ。恥ずかしくて死ぬ。

しかも相手は学校のヒロインであり、部活の女神と認定されてるあの姫咲さんだ。

そんな人物に誤解とはいえこんなこと言われたら、俺は社会的にも即死だ。

だから思い切って訊《たず》ねることもできずにいるわけなのだが……。

「えー、マジで⁉」

とその時、横で雑談していた部員二人組が大きく声を上げた。

なにやら話が盛り上がっているらしいが、ちょうど思考が途切れたところだったこともあり、俺の耳は自然とその二人の会話に吸い込まれる。

「マジマジ。俺も最初勘違いかと思ったんだよ。なんかちょっと前からやたら俺のこと見てくる子がいてさ。なんだろって思ってたらこの前告白されちゃったんだよね。俺のことが好きでずっと見てたみたいで」

「くそー、羨ましいなお前！」

二人の話はまだ続いていたが、俺はそれ以上聞いちゃいなかった。

──俺のことが好きでずっと見てたみたいで

その言葉がスッと入り込んできて、頭の中でグルグルと回り出したからだ。

……やたら見てくるって、まるで姫咲さんみたいじゃないか。

でも、好きで見てたって──

「き、如月《きさらぎ》先輩」

「うわっ⁉」

突然声をかけられ、俺の思考は強制停止する。

しかもそれが、今まさに考えていた姫咲さんだったため、俺は思わず声を上げて後ずさってしまった。

「……どうかしたのですか？」

「い、いや、なんでもないよ」

ドキドキと高鳴る胸を押さえながら、なんとか平静を装《よそお》う俺。

ショックからか、今さっきの思考は綺麗《きれい》に頭から吹っ飛んだ。

「大丈夫ですか？　先輩」

「あ、ああ、うん、大丈夫。……それで、何か用？」

「ええ。先輩の連絡先を教えてもらおうと思いまして」

「連絡先？」

「はい。マネージャーとして部員の緊急連絡先は把握しておかないといけないと思いまして、今調べているところです。先輩の電話番号と、あとアドレスも教えてもらっていいですか」

姫咲さんはどこか硬い表情で淡々とそう話す。

噂では人当たりのいい女の子らしいのだが、俺と話す時はいつもこんな感じだった。

先輩相手だから緊張しているのか、それとも部活中だから真面目に仕事をしているだけなのかもしれない。

「もちろんいいよ。あ、でも今スマホは更衣室にあるから」

「いえ、口頭で言ってくだされば私の方でメモします」

そう言ってクリップボードを構える姫咲さんに、俺は自分の携帯の電話番号とメールアドレスを伝える。

「……と。ありがとうございました。それから先輩、あといくつか質問をしてもかまわないでしょうか」

「質問？　いいけど、何の質問？」

てっきりそれで終わりかと思ったら、続いてそんなことを言われたので首を傾《かし》げる。

「えっと……、つまりですね。私はマネージャーですから、部員の人達の特徴と言いますか、プロフィール的なものも把握しておかないといけませんので、はい」

なぜかちょっと気まずそうな姫咲さん。

それはともかく、マネージャーだからってそこまでしなくてもいいと思うんだけど、随分と真面目だなぁと感じる。もちろん俺は頷《うなず》いた。

「ほ……、ありがとうございます。それでは、先輩の好きな食べ物は何ですか？」

「え？　そういうことを訊くの？」

「こういうのはプロフィールでは定番の質問です」

「それはそうだけど、マネージャーが知っとかないといけない情報じゃないような」

「そ、そんなことはありません。食べ物は大事です。……えっと、ほら、合宿などで食事を用意する時などの参考にもなりますし」

……あ、なるほど。確かに合宿とかで好きなものが出てきたらモチべも上がるしな。

さすが姫咲さん、そんなことまで考えてるのか。

「えーと、蕎麦《そば》かな。ざるじゃなく温かい方」

「ふむ、温かいお蕎麦ですか。……お弁当に入れるには難しいですね」

「お弁当？」

「い、いえ、なんでもありません。……では、好きな映画などはなんですか？　ジャンルだけでもかまいませんが」

「映画？　それって部活に関係あるの？」

「ひ、人となりを知るための質問ですから？　そ、それに練習効率を考えると精神的なリフレッシュは重要で、その……、マネージャーとしていつでも適切な提案ができるよう、部員の好きな映画くらいは知っておきたいんです」

「……すごいな姫咲さん。そんなの考えもしなかったけど、……でも確かに言われてみれば重要かもしれない。なるほど、練習効率か」

「そ、そうです練習効率ですとも」

　俺は感心しながらその質問に答える。すると姫咲さんは熱心な表情でそれをメモりながら、さらに似たような質問を続けていく。

　趣味は？　好きな色は？　休日は主に何をしてる？　遊びに行くならどこがいい？

　おおよそマネージャーとして把握しておかないといけない情報とは思えないものが次々と出てくるが、姫咲さんはその度に、それらを把握する重要性を論理的に説明してくれた。

俺はいちいちそれに納得しながら答えていく。

とはいえ質問の数がやたらに多くて、だんだんその勢いに圧倒されていった。

「……なるほど。では次は──」

「ちょ、ちょっと待って。まだあるの？」

「あと一つだけです。次の質問は……、か、か、か……」

「か？」

「か、彼女はいますか？　もしくは、今までいたことは？」

「か、彼女⁉　なんでそんなことを⁉」

「ま、マネージャーとしては把握しておかないといけない情報です！　その……、部員のメンタルケアにも関わることですので！」

た、確かにメンタルには超関わってくることだけど、さすがに答えにくいぞ⁉

「い、いないよ。いたこともないし」

「そうですか！　なるほど、そうなんですね！」

俺の答えを素早くメモる姫咲さん。なぜか今までで手の動きが一番速く見えた。

しかも、なんだか口の端っこがひくひく動いているような？　もしかして彼女いない歴＝年齢だってのを笑われてるのか？　い、いや、姫咲さんはそんな人じゃないはず。

「……ふぅ、ありがとうございました。質問はこれで終了です」

姫咲さんはクリップボードを両手に抱いて、どこかうれしそうにそう言った。

数が多くて大変だったけど、満足そうな姫咲さんを見ていると、答えてよかったかなと思う自分がいる。それに姫咲さんみたいな可愛《かわい》い子と、部活の一環とはいえこんなに話ができたのは、正直俺としてもちょっとうれしかった。

……まあ部員の把握ってことだから、俺にだけ特別にやってるわけじゃないんだろうけどね。俺も結構ちょろい男なのかもしれないな……。

「あ、あの先輩、これをどうぞ」

「……これは？」

そんなことを考えていると、姫咲さんが不意に折りたたんだメモを手渡してきた。

思わず受け取ってしまったけど、これはいったい何だろう？

「え、えっとですね、そこに私の電話番号とアドレスを書いてありますから、またあとで先輩のスマホに登録しておいてください」

「え、姫咲さんの連絡先？」

それを聞いて、俺はマジマジとメモを見つめる。

「あ、あの、勘違いはしないでくださいね？　部員同士、連絡先を知っておくのは緊急の時などに必要なことですから。急な用事で部活を休む時とか、マネージャーの私に報《しら》せてくれればいいので」

「あ、ああ、そういうことね」

早口でそう補足され、俺は納得して頷く。

……そうか。うん、そういうことも確かにあるよな。ってか、それ以外ないか。

「プライベートな情報ですから、先輩以外の人にそのメモは見せないようお願いします。それでは失礼しました」

姫咲さんは最後にそう言い残すと、そのまま足早に去って行った。

俺はしばらくその後ろ姿を見送っていたが、やがてメモを慎重にポケットにしまう。

……確かに、姫咲さんの連絡先なんて他人に見せたらえらいことになるな。

「なあ如月」

とその時、同じように休憩していた俺と同学年の部員が声をかけてきた。

「今姫咲となんか話してたよな？　何の話？　お前もしかして姫咲と仲いいの？」

「いや、別にそういうわけじゃないよ。今のも部活動の話だったし」

俺がそう言うと「なーんだ」とつまらなそうに壁にもたれかかった。

「ま、そうだよな。姫咲はガードが堅いって有名だし」

「ガードが堅いって？」

「お前知らねーの？　何人もの男子が姫咲に告って撃沈した話」

「それは噂《うわさ》で知ってるけど」

「あの可愛さだしさー、マネージャーになってくれたってことでうちの部員も結構お近づきになろうとがんばってるって話だぜ。でも誰も相手にされねーんだって」

……そうだったのか。うちの部員までそんなことしてたとは知らなかったな。

でもまあ、姫咲さんくらい可愛い女の子なら当たり前のことなのかも。

「この前もレギュラーのやつが、それとなく姫咲に連絡先を教えてほしいって頼んだらしいぜ。でも見事に断られたって。まあ、あんだけ下心丸出しじゃ、そりゃ断られるのも無理ないよなー」

「え？」

あははと笑い飛ばされたその言葉に、俺は思わず真顔で振り向く。

「なんだよ如月。どうかしたのか？」

「……部員ってマネージャーの連絡先知らないの？　誰も？　緊急連絡用にとか……」

「知るわけねーよ。大体連絡用ってんなら部のグループメッセがあるじゃん」

あ、そうか。言われてみればその通りだ。

「え、なに？　もしかしてお前、姫咲の連絡先とか知ってんの？」

訊《き》かれて、俺はギクリとする。思わずポケットの中のメモを握りしめた。

「し、知らない」

「だよな。知ってるわけねーよな」

あっさりと引き下がってくれたのは助かった、けど。

俺はそっとポケットからメモを取り出して開いてみる。

そこには十一桁の電話番号とメールアドレスがちゃんと書き込まれていて、どうやら本物らしい。少なくともイタズラの類とは思えなかった。

プライベートな情報だから他の連中に教えるなって言ってたのは、そういう下心丸出しな連中がいて警戒してたからか……？

でも、それにしたって姫咲さんの方から連絡先を教えてきたのはどういうことなんだ？

確かに俺には下心とかないから、それを見抜いてなのかな……。

そういう人間にだけ連絡先を教えてる、とか……？

「おいそこー！　いつまで休憩してんだー！」

そんなことを考えていると、突然体育館に女性の大声が響き渡り、俺はビクッと身をすくめる。

「やべっ！　蘭《らん》ちゃん先生だ！」

顔を上げると、男女バスケ部顧問兼コーチの三橋《みつはし》先生が入り口で仁王立ちになってこっちを睨《にら》んでいた。

普段は女子バスケ部を中心に見ているが、どうやらこっちの様子も見に来たらしい。

休憩していた部員達が焦《あせ》って立ち上がる中、俺もまた急いで練習に戻る。

……いかんいかん、余計なことを考えてる場合じゃなかったな。

まだレギュラーにもなれてないとはいえ、今年うちの部は全国大会目指してがんばってるってのに、他のことに気をとられてる余裕なんて俺にはないんだ。

俺はさっきまでの思考を追い出すようにブンブンと頭を振る。

そして相変わらず視線を感じる中、なんとか練習に集中するのだった。

▼

「はぁっ、はぁっ、はぁっ……」

静まり返った体育館に、自分の荒い息遣いが響く。

今はもう、ここに俺以外の部員はいない。

部活動の時間はとっくに終わり、皆は既に帰ってしまった後だからだ。

じゃあなんでお前は残ってるんだって話になると思うけど、答えは簡単、俺が居残り練習をしているからだ。

これは別に、俺の出来が悪いからとか練習をさぼったからとか、そういう懲罰的な意味合いのものじゃない。俺は自分の意思で、こうやって一人残って練習をしているのだ。

俺はバスケが好きだ。小さい頃からずっとバスケをやって来て、今は全国大会に出るのを目標にしている。

だけど残念ながら、俺は今現在レギュラーには選ばれていない。

部として全国大会に行けたとしても、今のままじゃ俺は出場できないことになる。

レギュラーになれていないのは俺の技術が未熟だから……、とは思っていない。

なぜなら俺は昔から人一倍練習してきたし、技術については自信があったからだ。

じゃあ何が原因かというと――……ぶっちゃけ俺のフィジカルに問題があった。

ハッキリ言ってしまうと、俺は背が高い方じゃなかった。

バスケをやるにはって話以前に、普通にクラスの中でも背の順で並ぶと前の方になってしまうというレベル。

それに加えて、俺は体格にも恵まれていなかった。どちらかというと華奢《きゃしゃ》といった方が適切な感じで、他人と同じようなトレーニングをしても、身に付く筋肉量には明らかな差があった。

つまり、要するに、一言でいってしまうと、俺はスポーツをするには——特にバスケをするには向いてない身体《からだ》の持ち主、ということになる。

そのことを自覚したのは俺が中学の頃だった。

周りの連中がグングン大きくなる中、俺だけは伸び率が明らかに小さかった。

その差は次第に顕著になって、影響はこれまでずっと第一線で活躍していたバスケにも当然表れた。

俺はレギュラーの座を失い、万年補欠となった。その状況は高校に上がってからもまるで変わっていない。ちなみに背丈の方も、悲しいことにほとんど変化がなかった。

とはいえ、俺はバスケを諦めることはなかった。とりわけ、全国大会に出場するという目標だけは、どうしても果たしたい事情があった。

しかし、ことバスケにおいては背丈を中心としたフィジカルの差は大きい。

それを埋めるためにできることといったら、人一倍じゃ足りない、二倍三倍以上の練習を続けるしかなかった。その一つが、この放課後の一人居残り練習だった。

俺は顧問の三橋先生に頼み込み、どうにか練習後の体育館使用許可をもらった。

とはいえ使えるのは部活終了時間と完全下校時間の間にあるわずかな時間だけ。

「……ふぅ、もうちょっと、かな」

俺は息を整えて顔を上げ、窓の方を見る。するともうすぐ夕暮れの空が夜へと変わりそうなことがわかった。完全下校時間は近い。

運動後にはストレッチをしないといけないことも考えると、もうあまり時間は残されていない。最後にもう一度ドリブルの練習をして、今日はフィニッシュしよう。

そう考えて、俺が再びボールに手を伸ばした時だった。

「誰かいるんですか」

不意に背後で扉が開く音がして、人の声が聞こえてきた。女子だった。

俺は慌てて振り向く。最初は薄暗くてよく見えなかったけど、間もなくそれがよく知る人物だということがわかった。

「姫咲さん？」

「え？　せ、先輩ですか？」

こっちにやって来た姫咲さんは、俺だとわかると驚いたように目を見開いた。

「なんで姫咲さんがこんな時間まで残ってるの？」

「私は今日の活動日誌を書いてたら遅くなって……。それよりも先輩こそ、どうしてこんな遅くまでいるんですか。練習時間はもう終わってますよ？」

「あー……」

……どうしよう。どう答えたもんかな。

俺がこうやって一人居残り練習をしていることは、三橋先生以外は知らない。

別に秘密特訓ってわけじゃないから、絶対誰にもバレちゃいけないってわけではないけど、かといって積極的に知られたいことでもなかった。

なんというか……、恥ずかしいというか気まずいというか。

それでも、こうやって見られたからには仕方がない。ウソをついたり誤魔化したりしなきゃいけないほどのものじゃないから、ここは正直に言うしかなさそうだ。それに、姫咲さんなら言いふらしたりすることもないだろうし。

「実は俺、こうやって居残り練習してるんだよ。ほぼ毎日」

「居残り練習、ですか？」

「ああ、自発的に。三橋先生に許可もらって、完全下校時間までって条件でさ」

「それは……、どうしてなんですか？」

……うん、まあそこは訊かれるよな。当然。

「単純にバスケが上手《うま》くなりたいからだよ。上手くなってレギュラーになって、全国大会に出場するため」

と、言ってしまった後で、もしかしたら笑われるかもしれないと思った。

万年補欠で背丈も足りないくせに、この人は何を言ってるんだろうとか思われてたらどうしよう……。

しかし、俺が恐る恐る様子を探ると、姫咲さんはいつも以上に真面目な顔でまっすぐ俺の方を見つめていた。

「全国大会に出場するのが、先輩の目標なのですか」

「う、うん。いろいろとハードルは高いけど」

「そう、だったんですか……」

笑うどころか、姫咲さんは真剣な表情でなにやら考え込んでいる。

それは予想外の反応だったので、俺としても彼女が何をどう考えているのかよくわからなかった。とはいえ、少なくともネガティブな感じではないようだった。

「えっと、そんなわけだからさ、俺がこうやって居残り練習してることは、できれば他のやつには秘密にしておいてほしいんだけど」

「ええ、それはもちろん。先輩がそう望むのなら」

「よかった。ありがとう」

ホッと胸をなでおろす。姫咲さんがいい人で本当によかった。

俺は安心して練習に戻ろうとする。だが姫咲さんはその場で動かず、少し俯《うつむ》いて立ち尽くしたままだったので、どうしたんだろうと足を止めた。

「あ、あの、先輩」

やがて姫咲さんは、どこか意を決したような感じで口を開いた。

「私も、先輩の居残り練習に付き合わせてもらっていいですか」

「え？」

突然の意外すぎる発言に、俺は一瞬何を言ってるかわからなかった。

けれど理解できると、頭の中が？マークで埋め尽くされる。

「え、な、なんでまた、そんな？　どうして姫咲さんが」

「そ、それは、その……」

姫咲さんはしばらく下を向いて口ごもっていたが、やがて上目遣いでこう答えた。

「わ、私はマネージャーですから。部員の活動に関してはちゃんと把握しておく必要があると思うんです」

「いや、今は部活動の時間外だし、これは俺が勝手にやってることで……」

「それでも、先輩の動機を考えるとバスケ部に起因することじゃないですか。時間外とはいえ部活動の一環ととらえるのが妥当ではないでしょうか」

……そ、そう言われたらそうかもしれないけどさ。

「でもやっぱり、マネージャーだからって部員が勝手にやってる練習にまで責任を持つ必要はないと思うよ。姫咲さんにも申し訳ないし」

「私は全然かまいません。マネージャーの当然の仕事だと思います」

ハッキリとそう返す姫咲さんに、俺は思わず感心してしまった。

やっぱり姫咲さんは真面目だ。それに責任感も強い。強すぎると言ってもいいレベルかもしれない。

本当はこんなことに他人を付き合わせる必要なんてないと思うけど、姫咲さん自身がここまで言う以上、彼女の責任感を尊重するしかない気がする。

……どのみち練習に付き合うといっても見てるだけだろうし、まあいいよな。

「わかったよ。そういうことなら」

「あ、ありがとうございます！」

「お礼を言うのはこっちだと思うけど……。まあとにかく、俺は勝手に練習するから、姫咲さんはもういいと思ったら先に帰ってね」

はい、と頷《うなず》く姫咲さんを後にして、俺は再びボールを手にしてコートへと戻る。

なんだか変なことになったけど、やることは別に変わらない。

姫咲さんは責任感が満たされたらきっと先に帰るだろうから、俺はただいつも通り普通に練習するだけだ。

…………と、思ってたんだけど。

「……」

「…………」

お互い無言のまま、体育館にはボールが跳ねる音だけが単調に響き渡る。

……な、なんか気まずい。

やってることはいつもと変わりないのに、他に誰かがいて見られてると思ったら、なんだかとってもやり辛《づら》いんだが……。

それに、姫咲さんの視線を強く感じる。普段よりも余計に、だ。

あれだろうか。普段と違って二人きりだから、他の人間がいない分、一層姫咲さんの存在感が増すからだろうか。気になって集中できない。

俺はチラッと振り向いて姫咲さんの様子を確認する。

姫咲さんはコートの縁に立ち、ジッと俺の方を見据えていた。

当然目が合って、俺はすぐさま視線を外した。

……や、やっぱ姫咲さんの眼光がいつもより強い気が——……ってか、なんかガン見ってレベルで見られてる気がするんですが。

「あ、あの、姫咲さん」

「はい、なんでしょうか先輩？」

「その……、あんまりジッと見られると、落ち着かないというか……」

「あ、ご、ごめんなさい。ここには先輩しかいないわけですから、どうしても注目してしまって……。私のことは気にせず練習してもらって大丈夫です」

それはおっしゃる通りだし、別に不快とかそういうのは一切ないんですけどね？

……なんというか、これは普段からそうなんだけど、姫咲さんみたいな可愛《かわい》い女の子にそうやって見られるのは恥ずかしいんだよ。健全な男子としては。

しかも今は二人きりだし――……って、ダメだ。それを意識したらさらに恥ずかしさが増してくる……！

「ひ、姫咲さん、こんなの見てても退屈じゃない？　やっぱり申し訳ないし、先に帰ってもらっても全然――」

「いえ、まったく退屈ではありません。むしろ、……その、とても新鮮で目が離せない感じです。あ、あくまでもマネージャーとして！」

な、なんなのその力の入り具合⁉　特に目新しい特別な練習をしてるわけじゃないから、

そんな食いつかれる理由は何もないはずだけど⁉

……これは、もしかして、あれだろうか。こんな遅くまで一人残って練習なんてやっぱ変だってことで、俺は姫咲さんに監視でもされているんだろうか。

それならあの異様に熱心な視線にも説明がつくし、ひょっとしたら普段からやたらと目が合うのも、俺が要注意部員として目をつけられてるからとか……？

や、ヤバいな。自分で言っててそれが一番ありそうって思ってしまったぞ……。

そんな考えが頭に浮かび、相変わらず姫咲さんの視線は強く感じるし、俺はだんだんと練習に集中できなくなっていく。

「あれ、どうしたんですか先輩？」

「あ、いや、今日はこの辺りで終わりにしようと思って……」

仕方ないので俺は練習を切り上げることにした。

ちょっと早いけどもういい時間だし、どのみちこれ以上姫咲さんと二人きりの時間が続いたら、緊張で練習どころじゃなくなってしまうだろうから。

「そうなんですか？　でも完全下校時間までまだ少しありますけど」

「練習後にはストレッチをすることにしてるから、それで時間はちょうどくらいだよ」

これはウソじゃない。もっとも、今日はそのストレッチの時間が少し長めになりそうだけど。

「ストレッチ⁉　せ、先輩！　……あの、その……！　そ、そのストレッチ、私に是非手伝わせてください！」

「へ？」

急にそんな意外なことを言われ、俺の口から気の抜けた声が漏れた。

「手伝うって……、なんでまたそんな？」

「じ、実は私、こういう時のために常日頃からいろいろと勉強してたんです。効果的なストレッチのしかたとか……、先輩のお役に立てるようなアイデアをいろいろと」

「俺の役に？」

「あ、いえ、間違えました！　ぶ、部活のです！　バスケ部のお役に立てるようにと！」

……び、びっくりした。そうだよな、言い間違いだよな。

それにしても、日頃から役に立てるよういろいろ考えてただなんて、姫咲さんがバスケ部のためにこんなに熱心な想《おも》いを持ってたとは知らなかった。

今も、いつも冷静な姫咲さんが顔を赤らめて必死な感じで訴えてるし、姫咲さんの部に対する思い入れは相当なものらしいことがわかる。

「そうだったんだ。じゃあ俺も手伝ってもらえたらありがたいよ」

その気持ちを無下にはできなかったし、俺としても効果的なストレッチの方法があるならぜひ伝授してほしかったので、もちろんお願いすることにした。

「あ、ありがとうございます！」

「ありがとうはこっちだよ。それで、どうすればいいかな？」

「では、まずそこに座っていただけますか」

言われた通り、俺はその場に胡坐《あぐら》をかくように座った。

すると姫咲さんは、俺の背後に回りながらやや早口でやり方を説明し始めた。

「ストレッチには動きの大きい動的ストレッチと、ゆっくりと行う静的ストレッチがありますが、運動後は静的ストレッチで筋肉を伸ばすといいのです。そうすれば筋肉痛などにもなりにくいということです」

ふむふむ、なるほど。今までなんとなくでやってたけど、そういう詳しい解説をされるとありがたいな。

俺は姫咲さんの指示に従い、まずは腹筋から伸ばすことにする。

「四つん這《ば》いの姿勢になって、お腹《なか》をゆっくりと前に突き出すようにしてください」

「……こう、かな」

「はい。でも痛みが出るところまでは伸ばさないでくださいね」

姫咲さんはそう言いながら、後ろから俺の両肩に手を置いてきた。

「え、ちょっと姫咲さん⁉」

「お手伝いします先輩。……いえ、ぜひお手伝いさせてください！」

突然のことに俺は焦《あせ》るが、姫咲さんは特に気にした風もなく、なぜか目をギラギラと輝かせながら俺のストレッチに手を貸し始めた。

「痛くありません？ 大丈夫ですか先輩？」と繰り返しながら、姫咲さんはゆっくりと俺の肩を押していく。

痛みなんてないけど、ぶっちゃけそれどころではなかった。

姫咲さんの柔らかくひんやりした手が、運動したばかりの火照《ほて》った身体《からだ》に触れる。

女の子に――それも姫咲さんみたいな美少女に触れられると、それだけで身体は勝手に緊張してしまう。さらに間近に寄っているのか、耳元辺りから姫咲さんの声が聞こえてきて、女子にあまり免疫のない俺としては余計に緊張してしまう。

「い、いや、これくらい一人でできるから」

「いけません。先輩の筋肉がどこまで伸びるか、それもちゃんと把握しておかないと正確なお手伝いはできません。これもマネージャーの務めです！」

俺はたまらず口を開くが、姫咲さんはそう言ってさらに近づいてくる。

マネージャーはこんなことまでやらなくてもいいと思うのだが、そう言っても姫咲さんは聞かない。どんだけ責任感が強いんだ。

「ふむふむ、先輩の腹筋の伸びはこれくらいというわけですね。把握しました。では次は背筋も把握しないと……！」

続いて広背筋を伸ばすストレッチでも、同じように姫咲さんが背中に手を置いてゆっくりと押してくれる。

決して無理をさせず、俺の身体を気遣ってくれているのがハッキリとわかる動き。

……だ、ダメだダメだ。姫咲さんは真面目にマネージャーとして手伝ってくれてるのに、俺が変に意識してるなんてダメだろ……！　姫咲さんの善意に応えるためにも、俺も無心でストレッチを続けなければ……！

「これくらいですか先輩？」

「あ、ああ。この辺でちょうどいいと思う」

なんとかストレッチだけに集中しようと試みる俺。

ったく、いくら姫咲さん相手だからとはいえ、ただ手で触れられただけでオタオタするなんて、どこまで免疫がないんだ俺は……。

「では次は股関節を伸ばしましょう。足を広げて前かがみになってください」

「りょ、了解」

足を広げ、ゆっくりと上体を前に倒していく。

無心。無心だ。変に意識するんじゃない、俺。

「む、ここが限界ですか？　先輩は少し股関節が硬いのでしょうか」

「ああ、そういわれてみれば確かにちょっと硬めかもしれないな」

「いけません。股関節は運動するにあたって大事なところです。なるべく柔らかくしておいた方がいいです。ちょっと体重をかけて強めに押しますから、痛くならない程度までがんばってみてください」

俺は頷《うなず》いて、さらに上体を倒していこうとする。

だがその時、

──ムニュッ。

「っ‼⁉」

不意に背中にとんでもなく柔らかい感触がして、俺は思わずピンッと背筋を伸ばした。

「あ、ダメですよ先輩。もうちょっとがんばらないと」

「ち、ちが……っ！　そうじゃなくて今……！」

「ちゃんと前を向いていてください。私が後ろから押しますから。もうダメっていうとこ

AOKA

ろをちゃんと見極めてくださいね」

「ダメ！　これはダメだから！」

「まだ全然曲がってないじゃないですか。ほら先輩、いきますよ」

そう言って、姫咲さんはまた俺の背中を押してくる。

しかしその時の音はグイッじゃなくまたムニュッだ。

どうやら肩に手を置いたまま、全身で体重をかけてきているらしい。

つまり、やっぱり、この巨大でどこまでも柔らかく、魂まで持っていかれそうな至高の感触は姫咲さんの……！

――あの噂《うわさ》は、本当だったのか。

……って、なに考えてんだ俺は⁉　至高の感触とか、なにじっくり堪能《たんのう》してんの⁉

お、落ち着け……！　これは事故だ。間違いなく事故。

あの姫咲さんが自分からおっ……む、胸を押し付けてくるなんてありえない……！

「？　どうしたんですか先輩。動きが止まってますけど」

ほら、やはり本人も気づいてないんだ。

ストレッチさせることに夢中で当たってることに気づいてない。

姫咲さんの真面目さに付け込んで胸の感触を楽しむなんて絶対ダメだ……！　早くやめ

させないと……！

「ひ、姫咲さん！　ちょっと待って！　ストップ！」

「え、先輩、まさかこれが限界なんですか？　股関節が硬すぎるようですが」

「そ、そうじゃなくて……！」

「でも安心してください。私が必ず先輩のお力になってみせます。早速今日帰ってから改善プログラムを考えますから――」

「じゃなくて！　あ、当たってるんだよさっきから！」

たまりかね、俺は姫咲さんの言葉を遮ってそう叫んだ。

すると一瞬静寂が訪れ、続いて姫咲さんがキョトンとした表情を見せる。

「当たってるって、何がですか？」

「……う、だから、その………、む、胸が……」

「むね……？」

俺がそう言うと、姫咲さんの視線がゆっくりと下の方へ移動していく。

沈黙。

だがやがて、自分が今どんな体勢でいるかを理解したのか、姫咲さんの顔がかあぁぁと真っ赤に染まっていく。人間がそんな顔色していいのかってレベルで。

「ひゃ、ひゃあああああああああぁっ!?」

慌てて飛びのいて、涙目で自分の胸を隠すように押さえる姫咲さん。

その姿を見たら、まるで俺がイタズラでもした結果かのように見えてしまい、ものすごい罪悪感に襲われる。

「す、すいません……！　今のはわざとではなく、ぐ、偶然当たってしまって……！　だから、その、ご、ご迷惑を……！」

「だ、大丈夫だから！　その……、すごく柔らかかったから！」

って、俺は何を口走ってんの!?　これじゃ自分は変態ですって言ってるようなもんじゃないか！

「や、やわらか……！　私の……！　はううぅ……！」

恥ずかしさからか、グルグルと目を回し始める姫咲さん。明らかにテンパっている。

だがいっぱいいっぱいなのは俺も同じだった。

フォローを入れようとして出た言葉がさっきのアレとか、脳みそが茹《ゆだ》ってるとかそんなレベルだ。アホか俺は！

「はぅ、はうぅ……！　せ、先輩に……！」

俺がなんて言ったらいいか迷っている間に、姫咲さんは頭から湯気を出してフラフラと後ずさり始めた。混乱で足元もおぼつかない様子だ。

そうして間もなく、ガシャンッという音が響いて、体育館中にバスケットボールが転がり出した。どうやら置いてあったボールカゴに引っかかってしまったようだ。

「だ、大丈夫姫咲さん⁉」

急いで駆け寄ると、姫咲さんはその場で尻もちをついていたが、特に怪我《けが》などはなさそうだった。よかった。

姫咲さんはしばらく混乱の余波で何が起こったかわからない様子だったが、すぐにハッと立ち上がって申し訳なさそうな顔を見せる。

「ご、ごめんなさい！　私、不注意でこんな……！」

「片付けるから別にいいよこんなの。それより姫咲さん、怪我とかしてない？」

「わ、私は大丈夫です。でもこんな散らかして……！　私すぐに片付けます！」

言うが早いか、姫咲さんはボールを追いかけようとしたが、その時バンッと音がして体育館の扉が開いた。

「こらー、騒がしいぞ如月《きさらぎ》！　あんまうるさくするようなら体育館の使用許可を取り消しに——おや？」

入ってきたのは三橋《みつはし》先生だった。

バスケについては鬼コーチ。バスケ以外は超ズボラ。

見た目は高身長の美人でオリンピックメダリストというハイスペックながら、中身はただのおっさん。でも気さくで生徒人気は高いというよくわからない人だ。

そんな先生が、散らばるボールと立ち尽くす俺達を交互に眺めながら「んん？」と怪訝《けげん》そうな顔をしている。

「なんで姫咲がここにいるんだ？　それにこんなに散らかして、ダメだろ如月。自主練がしたいって言うから体育館を使わせてやってるのに、こんなに散らかすわ姫咲を付き合わせるわ、そんなことならマジで使用許可取り消すぞ」

やれやれといった感じで眉をひそめる三橋先生。

それを聞いた姫咲さんは、サッと顔色を青くして「そ、そんな……」と小さく呟《つぶや》いた。

「そ、そうじゃなくて……、あの……！」

姫咲さんは何か言おうとしているが、ショックを受けているような表情でほとんど声が出ていなかった。次第に涙目になっていき、キョロキョロと辺りを見回す。そしてパクパクと口を動かしながら、今にも泣き出しそうな顔で俺の方を見た。

ズキンと、胸が痛む。

「すいませんでした先生」

気が付いたら、俺は三橋先生に向けて深く頭を下げていた。

「ボールは俺が不注意でカゴを倒しちゃって……、すぐに片付けます。それから、姫咲さんには俺からお願いして練習を見てもらってたんです。姫咲さんはトレーニングの知識が豊富だと聞いて、いろいろアドバイスしてもらいたくて」

「……え？」

背後から戸惑ったような声が小さく聞こえてきたが、俺は振り返らずに続ける。

「うん？　姫咲がトレーニングの？　そうだったのか？」

「はい。実際、さっきも姫咲さんにアドバイスをもらってすごく練習が捗《はかど》ったんです。だからついこんな時間まで付き合わせてしまって……。すいませんでした」

気が付いたら、俺は一気にそうまくしたてていた。

なんでこんなウソをついたのか、自分でもよくわからない。

でも今は、このウソをつき通さないといけない――強くそう思ったんだ。

「ふうん？　本当なのか姫咲？」

「え、そ、それは……」

振り向くと、姫咲さんは呆然《ぼうぜん》とした表情で俺と三橋先生を交互に見ていた。

俺は先生に気づかれないよう「いいから」と小声で促す。すると姫咲さんは弾《はじ》かれたように背筋を伸ばし、頷いた。

「は、はい！　如月先輩の言った通りです！」

「へー、そうだったのか、知らなかったな。女子バスに入らず男子バスケのマネージャーをやりたいなんて言ってきたから何なんだと思ってたが、もしかして姫咲はトレーナー志望なのか？」

突然目を輝かせ始めた三橋先生に姫咲さんは何とも言えず戸惑っていたが、先生は一人でうんうんと納得していた。

「なるほどな。そういうことならこの如月相手にどんどんスキルを磨けばいい。如月も練習が捗るっていうなら一朝一夕だろう」

「先生、それを言うなら一石二鳥です……」

……どんな間違いだ。バスケのこと以外適当すぎるだろこの人。

「そう、それだ。うん、事情はわかった。そういうことならオーケーだ。ただもう遅い時間だから、練習に付き合わせるならお前がちゃんと責任もって姫咲を送っていけよ如月」

それから体育館の片付けも忘れずにな——それだけ言い残して、三橋先生はなぜか上機嫌で去って行った。

バタンッと扉が閉められ、俺は大きく息を吐く。

「ふぅ……、なんとか誤魔化せたか」

「先輩……」

弱々しい声に振り向くと、姫咲さんが困惑したような顔でこちらを見ていた。

「どうして先生にあんな説明を……？」

「そりゃ、なんとかあの場を納めないと、今後居残り練習させてもらえないと思って」

「ボールを散らかしたのは私ですし練習に付き合わせてほしいと言ったのも私からです。なのにどうして私をかばうようなウソを」

「あー、それは……。咄嗟《とっさ》だったからっていうのもあるけど、姫咲さんが……」

「私が？」

「……なんていうか、すごく申し訳なさそうな顔してたから、なんとかしないとって思ってさ。そしたら口が勝手に……」

そこまで言って、俺は急に恥ずかしくなってきた。

なんだかこれじゃ、まるでカッコつけてるっていうか、イキってるみたいな感じに聞こえるんじゃないか？　姫咲さんの前でいい格好をしようと。

恐る恐る様子を確認すると、姫咲さんは大きく目を見開いて黙っていた。

……どうしよう。なに言ってんだこの人って呆《あき》れられてるかもしれない。

「と、とにかくもう遅いから、今日は片付けて帰ろう。悪いけど手伝ってくれる？」

「え？　あ、も、もちろんです。私がやったことですから」

俺は強引に話題を変えて、これ以上この話が続くのを避けた。

姫咲さんとの気まずい時間は、他の人とのそれよりも一層精神にくる気がして、さっさと終わらせたかったのだ。


……とはいえ、その時間はまだ終わらなかった。

あの後、素早く片付けて体育館を閉め、着替えを済ませて足早に下校をしたわけだが、先生に言われた手前、俺は姫咲さんを家まで送らないといけなかった。

「…………」

「…………」

姫咲さんは俺と目を合わせることなく、俯《うつむ》き加減で黙々と歩いている。

俺も自分から女子に話しかけられるほどコミュ力が高いわけでもなく、道中は基本的に二人とも黙ったままだった。

「……先輩は徒歩通学なんですか？」

「あ、いや、普段は自転車だけど、今修理中だから」

「そうだったんですね」

「……姫咲さんは徒歩なんだね」

「はい、家が学校から近いので」

交わした会話といえばこれくらい。

先輩部員とマネージャーという関係以外では特に親しくもない間柄だから会話が弾まないのは当然といえば当然だが、向こうから話しかけてきてくれてるのにそれを活かせなかったのは100％俺が悪い。

……でも、仕方ないだろ。こんな状況で緊張するなって方が無理だよ。

成り行きとはいえ、あの姫咲さんを家に送って行ってるんだぞ？　どんだけのレアイベントなんだよ……。

俺としては姫咲さんの名誉のため、学校の誰かに見つかって変な誤解が生まれないよう気をつけることもしないといけないし、やっぱどうしても気が張ってしまう。

「あ、もうすぐそこです、私の家」

しかし、そんな時間もやがて終わりを迎えたようで、俺はホッと胸をなでおろす。

「……どうしたの？」

けれど、なぜか姫咲さんはそこで足を止め、俺の方を振り返ってモジモジし始めた。

なにか言いたげだけど、口にするのをためらっているような雰囲気。

だがすぐに覚悟を決めたような表情で、俺を見つめながら口を開いた。

「あ、あの先輩、お願いがあるんですが」

「お願い？　……あ、もちろん姫咲さんを送ったなんて誰にも言わないから安心して」

「いえ、そんなのはどうでもいいんです」

……どうでもよくはないと思うんだけど……。

「そんなことより……、あの、先輩の居残り練習ですけど………。こ、これからも私に手伝わせていただけないでしょうか！」

「へ？　……ええ⁉　な、なんで⁉」

あまりに予想外の言葉に、思わず大きな声が出てしまう。

「それは………、ま、マネージャーとして放っておけないからです！」

「いや、だからあれは俺が勝手にやってることだから部活は関係なくて」

「そ、それに、まだ理由はあります。三橋先生にあんな説明をしたのに、明日から私が居残り練習にいなければウソだってバレてしまうじゃないですか」

「そこは、ほら、姫咲さんが俺に愛想《あいそ》をつかしたことにするとか――」

「私が先輩に愛想をつかすなんてあり得ません！」

突然大声でそう反論し、言われた俺はもちろん言った本人も驚いているようだった。

姫咲さんは「あの、その……！」と真っ赤になりながら、さらに続けた。

「わ、私、先輩にかばってもらったんです。だから、その先輩がウソつき扱いされるのは嫌なんです。だから私が今後もお手伝いすれば、それはウソじゃなくなります」

「それはそうだけど……。でもやっぱり、それだけで付き合わせるのは俺としても心苦しいというか、時間も遅くなるし」

「それだけじゃありません。義務感だけじゃなくて……、わ、私の意思で、先輩の練習をサポートしたいんです！」

ハッキリと、俺を強く見据えながら言う姫咲さん。

「……ダメ、ですか？」

そして、またさっきみたいに申し訳なさそうな、そして今にも泣きだしそうな顔。

そのすがるような視線に、俺の胸がまたズキンと痛んだ。

「……ダメ、じゃない。よろしくお願いします」

そして気づいたら、頭では断らないとと思っていたはずなのに、俺の口は自然とそう答えていた。

「……っ！　ありがとうございます先輩！」

さっきまでの不安そうな表情は一瞬で消え、姫咲さんが満面の笑みを浮かべる。

その笑顔があまりにも可愛《かわい》くて、今度はドキリと胸が高鳴った。

「じゃ、じゃあそういうことで、俺はもう行くよ！」

気づいたら、俺はそう言って走り出していた。

「え？　ど、どうしたんですか先輩、急に！」

「軽くランニングしながら帰ろうと思って！　さよなら！」

「あ、ちょっと先輩……！」

なにかまだ言いかけていた姫咲さんを残して、俺は全力でその場から逃げ出した。

ランニングなんてもちろんウソだ。本当は、姫咲さんの笑顔をそれ以上直視できなかったからだ。

……それから、理由はもう一つある。

あの極上の笑顔を見た瞬間、俺の頭をあるバカな考えがよぎったんだ。

俺へのあの無償の善意。

普段からやたらと目が合うという事実。

そしてさっき部活で聞いたあの言葉。

──俺のことが好きでずっと見てたみたいで

つまり、それって、もしかして。

……まさか、姫咲さんは俺のことを……？

「いやいやいやいや……！」

俺は走りながら、頭をブンブンと振る。

しかし一度浮かんだバカな考えは、いつまでも頭の中に残ったまま消えてくれないのだった。

第二章　幼馴染達《おさななじみたち》

「おっしゃきたっ！　狙ってたSSR衣装ゲット！」

昼休みの喧騒《けんそう》が教室を包む中、すぐ傍《そば》の席からそんな声が聞こえてきた。

振り向くと同時にスマホがズイッと目の前に出てきて、そこにはアイドルがステージで着るような華やかな衣装がキラキラしたエフェクトとともに表示されていた。

「ほら直輝、見てくれよこれ！　すげーいいだろ！」

そう言ってうれしそうな笑みを浮かべているのは早乙女啓介《けいすけ》。

俺の親友でクラスメート。もう十年近い付き合いの幼馴染でもある男だ。

「え、なに？」

「だから『マイプリ』の新衣装だよ。今からガチャ回すからお前も祈っててくれって言ったたろ？　まさかマジでボーナス枠で手に入るとはって感じだよな」

生返事をすると、啓介は「おいおい聞いてなかったのかよ」と呆れた顔を見せた。

実際、ボーッとして聞いてなかった。

物思いにふけっていたってほどじゃないけど、昨日の居残り練習での出来事——そこでの姫咲さんとのやり取りなんかを思い出していたからだ。

俺の自主練にこれからも付き合うなんて言い出した姫咲さん。

勢いで押し切られる形になったけど、一晩冷静に考えてみるとやっぱりおかしい。

三橋《みつはし》先生へした言い訳の手前仕方ないとはいえ、それにしたって不可解だ。

やたら目が合う件も相変わらずよくわからないままだし……。

「……なあ啓介」

「んー？」

ちょっと、啓介に相談してみようかと思った。

もちろん具体的な人名は避けて。あくまで世間話風に、自然に。

「なんか、さ、深い意味はないんだけど、女子からよく見られてるような感じがすることとかってあったりするもんかな？　あ、もちろん俺がどうとかじゃなくて——」

「そんなのしょっちゅうあるぞ？　ってか今もだし」

だけど返ってきたその一言に、俺はすぐに口を噤《つぐ》んだ。

……そうだった。啓介に聞いてもそう答えるに決まってた。

啓介にとって、人から注目されるなんてのは当たり前のこと。なぜならこの早乙女啓介という男は、一言で言えば完璧超人ってやつだからだ。

成績はトップクラス。運動神経抜群。容姿もアイドル顔負けで、おまけに家はお金持ちというチートぶり。背も180㎝を軽く超え、俺と同じバスケ部ながら、万年平部員の俺と違って二年生で既に部のキャプテンを務めてるし、当然レギュラーでしかもチームのエースだ。他にも色々あるけど、要するに褒め言葉しか出てこないようなやつなんだ。

そんな啓介なので、もちろん他人からは羨望《せんぼう》の眼差《まなざ》しが集まる。特に女子からの人気は絶大でファンクラブまであるらしい。そりゃ女子から見られるのは当たり前だ。

とはいえ、そんなモテない男の敵みたいな啓介だが、意外にも本気で女の子と付き合ったことはなかったりする。

本人にその気がないというのもあるけど、理由はその性格によるところが大きい。

悪いってわけじゃなくて（というか啓介はメチャクチャいいやつだ）、なんというか、独特なのだ。フリーダムというか。

それがよくわかる光景が、今も目の前で繰り広げられている。

「うむ、早乙女氏は運がよすぎますな。しかしこっちも負けてませんぞ。昨日のバイト代を全部つぎ込んで僕もSSRをゲットしましたからな！　ドヤァ！」

「沼ってんじゃねーか。……お、でもこの衣装も可愛いな。参考になる……」

昼休みの教室で周囲の目をまるで気にすることなく、堂々と萌《も》え系アイドル育成型ソシャゲをプレイしている啓介。

一緒に話してる相手は高田《たかだ》くんや前畑《まえはた》くんなどのオタク系クラスメートの面々で、いかに自分の推しヒロインが素晴らしいかを楽しそうに力説している。……熱い光景だ。

さっき説明した通り、啓介はスペック的には陽キャの代表でスクールカーストのトップオブトップな感じの人物なわけだが、本人にはそんな意識はまるでない。興味のあることに全力で突っ走り、誰とも分け隔てなく接するため交友関係が驚くほど広い。

「おーい早乙女、二組のやつらとサッカーやらね？」

「オトメっちー、今日のコーデどう？　可愛くなーい？　ネイルも新作だから見てよー」

「……あの、早乙女くん、この前貸した本、もう読んだ……？　どうだった……？」

そのおかげで啓介の周りにはいつも大勢の人がやって来る。

しかもそれぞれまったく違うタイプの人達で、今もサッカー部の佐倉《さくら》くんやギャルの津《つ》久井《くい》さん、文学少女の葛西《かさい》さんなど、まるで共通点のない面々が集まってきてちょっとカオスなことになってる。

……まあそんなお誘いを、

「悪い、今からヒメたんの新衣装ガチャるんで忙しいんだ。また今度な」

の一言で平気で断るあたり、一番カオスなのは啓介本人なわけなんだけど……。

まあようするに、俺の幼馴染はそんな規格外なやつなので、少なくともこの話題に関しては相談する相手としては不適格だった。うっかりしてた。

「それで直輝、女子からよく見られてるってのは何の話だ？」

「あ、い、いや、なんでもないよ。うん」

お茶を濁す俺。しかしその時、教室内がにわかに騒がしくなった。

何だろうと思って振り向くと、教室の入り口に姫咲さんが立っていた。

噂《うわさ》の有名人の登場にみんな色めき立っている。けど、どうして姫咲さんがここに？

「あ、先輩、今ちょっとよろしいですか」

姫咲さんは特に気にした様子もなくしばらくの間何かを探すように教室内を見回していたが、間もなく俺と目が合うと小走りに近づいてきた。教室中の視線が俺に集まる。

「と、とりあえず外に行こうか」

なんだかいたたまれなくなって、俺は姫咲さんと一緒に廊下に出た。

姫咲さんは平気な様子だけど、啓介といい、普段から注目され慣れてる人はああいう雰囲気でも平気なんだろうか。素直にすごいと思う。

「ふう……、それで、どうしたの？　二年の教室にまで来て」

「今日の部活のことで少し連絡があるのでお伝えに来ました」

一息ついてから訊《たず》ねると、それは大したことのない内容だった。

今日の放課後は対外交渉で三橋先生がちょっと遅れるので、男女それぞれ基礎練の時間をいつもより十分ほど長くするようにとのこと。

「なるほど。でも、それをわざわざ連絡しに来てくれたの？」

「これもマネージャーの仕事ですし、用事で近くに来たので、そのついでです」

……本当に真面目というか、マネージャーとしての責任感が強いんだな。

「………………」

「……えっと、まだ何か連絡事項が？」

「い、いえ、何でもありません。失礼しました。それではまた放課後に」

姫咲さんはそう言って足早に立ち去って行った。

なんか今、謎の間があったような気がしたけど……？　心なしか姫咲さんの後ろ姿が、肩を落として寂しそうに見えるような……。気のせいかな？

「マネージャー、なんだったんだ？」

教室に戻ると、啓介がスマホから目を離さず訊ねてきた。なんだか派手な効果音が聞こえてくるところから、どうやら今まさにガチャを回している真っ最中のようだ。

「部活のちょっとした連絡だった。先生が遅れるから基礎練の時間増やせっていう」

「ああなんだ、その話か」

反応を見るに、どうやら啓介はもう知っていた話らしい。

「マネージャーはそれをお前に伝えに来たのか？　今？」

「ああ、そうだけど？」

「そんなことなら部のグループに連絡来てただろ」

「え？」

そう言われて、俺は自分のスマホを確認してみた。

すると、確かに男子バスケ部のグループメッセにその旨《むね》の連絡事項が来ていた。

「変だな。なんでマネージャー、お前にわざわざ口頭で伝えに来たんだ？」

「さあ……」

「……もしかしてあれじゃないか？　あのマネージャー、お前のことが好きでわざわざ会いに来たりしたんじゃ？」

「んなっ⁉」

啓介のその一言に、俺は思いっきり動揺する。

「……おいおい真に受けるなよ。単なる冗談だろ。おおかた連絡を見てなさそうなやつに個別に伝えに来たとかじゃねーの？　現に直輝は見落としてたわけだし――っと、演出きたっ！　これはUR以上確定ですわ！」

「また⁉」「ええい、早乙女氏の豪運はバケモノか⁉」などなど、啓介達がガチャで盛り上がる一方、俺は今の動揺がまだ収まっていなかった。

……け、啓介のやつ、いきなり変なこと言わないでほしいな。ただでさえ今は姫咲さんのことが気になってるっていうのに、そういうクリティカルな冗談は勘弁してくれ……。

とはいえ、言ってること自体はまあそうだろうなと思う。

連絡漏れがないよう、メッセを見てないだろう人に口頭で伝えに来ただけで、あくまでも真面目なマネージャーとしての行動にすぎないということだ。

けど――……と、それでもまだ納得しきれない自分がいる。

メッセを見てない人っていっても特定なんてできないわけだし、それならやっぱり冗談じゃなくて『姫咲さんが俺を……』って可能性もゼロじゃなかったり――

「いやいや、聞いてくださいよ早乙女氏！」

とその時、不意に聞こえてきた大声で、俺はハッと我に返った。

見ると既にガチャは終わったらしく、今はまた違う話題で盛り上がっているようで、高田くんはメガネをクイクイしながらなにやら得意げに啓介に話しかけているところだった。

「この前ライブに行ってきたんですがね、そこでなんと僕、ステージ上のみゅうたんと目が合ってしまったのですよ！」

目が合った、という単語に、俺の心臓がドキッと跳ねる。

「しかも目が合ったといっても一度や二度ではなく、みゅうたんは何度も何度も僕に視線を送ってくれたのです！　これはきっと僕のことを特別に想《おも》ってくれているからに違いないですぞ！　だからステージ上から熱い視線を僕に……！　デュフフフ……！」

頬を染めてギュッと自分を抱きしめる高田くん。

しかし間もなく、それを聞いていた啓介《けいすけ》達はドッと笑い出した。

「それが本当だとしても単なる偶然か、それこそ悪目立ちしてただけじゃねーの？　大体アイドルが高田をガン見する理由がないだろ」

「いえいえ！　きっとみゅうたんは僕を好きになってしまったに違いないですぞ！」

そこでまた爆笑。

みんなもバカにしているわけじゃなく、アイドルに好かれただなんてあり得ないことを真顔で言う高田くんの滑稽さをおかしがっているようだった。

高田くん自身もまた気にした様子がなく、他愛のない冗談話といった空気感だった。

ただし、傍《そば》で聞いていた俺は違った。

「……あれ？　どうした直輝？　ダラダラ汗流して」

「いや、ちょっと、なんだか聞いてて恥ずかしくて……」

「如月《きさらぎ》氏までひどいですぞ⁉」

……違うんだ高田くん。恥ずかしいのはきみじゃなくて俺自身で……。

今の話を聞いていて、俺はさっきまでの自分の考えが恥ずかしくてたまらなくなった。

姫咲さんとよく目が合うこと。自主練に付き合うと言われたこと。わざわざ会いに来て口頭で連絡を伝えられたこと。それらの理由を、俺はこう考えそうになっていた。

──まさか、姫咲さんは俺のことが好きなのでは？　と。

……ないよ。あるわけないだろそんなこと。マジで自意識過剰すぎる……。

俺は何を考えてたんだ？　頭がおかしくなってたのかもしれない。姫咲さんみたいな可《か》愛《わい》い子が相手だったから、それこそ気づかないうちに舞い上がっていたのかも。

その姿が、傍《はた》から見るとあそこまで滑稽で恥ずかしいものだったなんて……。

「高田くん、ありがとう。おかげで目が覚めたよ。大丈夫、目が合っただけでアイドルに好かれてるとか、そんなの絶対あり得ないことだから、安心していいよ」

「なんかお礼されながらトドメを刺されたんですが⁉」

なんだか肩の荷が下りたような気分だった。

今後はもう、姫咲さんのことは気にしないようにしよう。

自主練に付き合うって言ったのはきっとマネージャーとしての責任感からだし、俺にだけ口頭で連絡しに来たのも何か事情があるのだろう。よく見られている理由は――……いまいちわからないけど、俺がなんか変なことをしているからって可能性が一番高いから、これからは自分の仕草とか、気をつけないとな。うん。

「なおくーん！　あ、いたいた！」

そうやって、俺が今後の自分の行動を見直そうと考えていた時だった。

「千尋《ちひろ》？　どうしたの？」

賑《にぎ》やかに教室に飛び込んできたのは、俺のもう一人の幼馴染《おさななじみ》だった。

鹿島《かしま》千尋。女子バスケ部のキャプテンであり、一年生の時には既に全国大会に出場した経験もある本物の実力の持ち主。

学校でも有名人で、その明るく活発な性格から男女問わず誰からも好かれる人気者だ。

啓介と同じく千尋とももう十年来の付き合いで、俺とは家も近い。

昔から啓介と合わせて三人でよく一緒にいて、それは今も変わらない。

二年生になって残念ながらクラスは分かれてしまったけど、大体はこうやって千尋の方から休み時間ごとに俺らの教室にやって来るから寂しくはなかった。

「いやー、なおくんに勉強を教えてほしいなって思ってさー。お願いに来ました！」

千尋は小走りに寄って来ると、いつも通り子犬みたいな笑みを浮かべながらそんなことを言ってきた。

「勉強って、また？」

「そ、また。今日の部活の後、いいでしょ？」

呆《あき》れる俺に、悪びれもせずペロッと舌を出す千尋。

「ね、ね、お願い。次のテストで一つでも赤点があったら部活禁止って蘭《らん》ちゃん先生に言われてるの。だから、ね？　なおくーん」

「いつものことじゃないか。いい加減、自分で勉強すればいいのに」

「お？　なおくんたら、私が一人で勉強できるとでも思ってるの？」

「威張るな」

やれやれと首を振る俺だったが、これもいつも通りのやり取り。

千尋はスポーツ関連は万能で、まさに身体《からだ》を動かすために生まれてきたような人間だけど、一方で勉強は大の苦手で、昔からずっと俺が面倒を見てきたのだ。

「わかったよ。じゃあ今日の練習の後、場所はいつも通り啓介の家でいいよな」

俺は観念して頷《うなず》く。千尋の勉強を見る時は啓介の家でというのは、小さい頃からのお決まりの流れだった。

「いや、お前ら二人なんだから直輝の家でやればいいじゃん。そうだろ千尋？」

しかし、今日はなぜか啓介がそんなことを言い出した。

「え？　えーっと……」

それを聞いた千尋は俺の方をチラチラと窺《うかが》いながら、何か迷っているような感じで啓介の方を見ていたが、

「い、いやー、やっぱけーちゃんの家っしょ。ほら、学校から一番近いし！」

やがてそう答えてあははと笑った。

「……ま、別にいいけど」

啓介はそんな千尋を呆れたような顔で眺めていたが、すぐにいつも通りの飄々《ひょうひょう》とした顔に戻って俺の方を向いた。

「じゃあついでに、俺も直輝に勉強教えてもらうわ」

「なに言ってんだ。学年トップの成績のくせに、俺が教える必要なんてないだろ」

「いやいや、直輝に教えてもらったら楽なんだよ。それだけで十分いけるしさ」

「そうそう、なおくんって教え方上手《うま》いからねー。私もなおくんに教えてもらわないと赤点回避する自信ないし」

「直輝さままさまだよな。というわけでよろしく」

「よろしくー」

「なにがよろしくだよ。はぁ……」

勝手なことばかり言う幼馴染二人に、俺はため息を吐《つ》く。

けど、悲しいことながらこれがいつものやり取りだ。文句を言っても仕方ない。

……なにはともあれ、今日の居残り自主練は中止だな。

▼

「じゃあなおくん、着替えてくるから待っててね。先に行っちゃやだよ」

その日の部活終了後、同じく女子バスの練習を終えた千尋がやって来て、そう念を押してから更衣室へと向かって行った。

俺も今日は居残り練習はなしだから着替えないといけないんだけど、その前に姫咲さんに言っておかないと。……えっと、どこかな。

「先輩」

「うわっ！？　姫咲さん！？」

「……なにを驚いているんですか？」

ちょうど捜してたところに背後から話しかけられたからビックリしたんだよ……。

まあいい。今日は用事があるから自主練はなしで――と言おうと思ったが、その前に姫咲さんが「少しいいですか」と口を開いた。

「さきほど鹿島さんとお話ししていたようですが」

「あ、見てたの？　うん」

「鹿島さんと何を？　もしかしてお知り合いなのですか？　その、この間、彼女はいないとおっしゃってましたけど、す、すごく親しい様子だったので……」

「知り合いっていうか、俺と千尋は幼馴染なんだよ」

「え、幼馴染？」

「ああ、それから啓介――っと、早乙女キャプテンのことね？　それと俺の三人は小さい頃からの知り合いでさ」

「そ、そうだったんですか。幼馴染……」

姫咲さんはなぜかホッとした様子だったが、間もなく不安そうな顔になり、

「で、でも幼馴染ということは、もしかして将来を誓い合った仲だったり……⁉」

続いて真顔でそんなトンデモナイことを口走ったので、俺は思わずむせた。

「な、なんでそんな話に⁉」

「だ、だって、男女の幼馴染ってそういうことも往々にしてあると聞きますし……！」

どこ情報だそれは⁉　なんか偏見というか、幼馴染に対する見方がおかしくない⁉

俺はいろんな意味で誤解している姫咲さんに、俺と千尋はあくまで『普通の』幼馴染であるということを説明する。

しばらくして姫咲さんはなんとかわかってくれたようだが、まさかあんな明後日《あさって》の方向の誤解をされるとは思わなかった。普段真面目で頭がいい人ほど、誤解した時の破壊力は強いってことなのかもしれない。

……なんか、無駄に疲れた気がする。

「ふう……。あ、それより姫咲さんに伝えたいことがあって捜してたんだ」

「え⁉　わ、わた、私にですか⁉　そ、それは、なんでしょうか……⁉」

「居残り練習のこと。今日はちょっと用事があるからなしにしたいんだ。せっかく付き合ってくれるって、昨日言ってもらったばかりで悪いんだけど」

「あ、な、なんだ、そういうお話ですか。……ふう、わかりました。ご用事があるのなら仕方ありません」

なぜかホッとした様子で胸をなで下ろす姫咲さん。

「ところで、差し支《つか》えがなければどんなご用事かお伺いしてもいいですか？」

「ああ、それは――」

と、答えそうになって俺は慌てて口を噤《つぐ》んだ。

千尋の赤点回避のための勉強会って正直に言うのはマズいかもしれない。

女子バスのキャプテンの威厳を無闇に損ねるのは避けた方がいいよな……。うん。

「まあ、その、ちょっと諸事情があって……」

「……無理にお訊《たず》ねはしませんが、私に隠さないといけないような後ろめたいことではありませんよね？」

「ち、違うよ。そんなことはないから（俺はね）」

「……まさか、女性と逢《あ》い引《び》きするためとかではないですよね？」

「ぶふっ⁉　だからなんでそうなるの⁉」

再びのトンデモ発言にまた噴き出す俺。

「せ、先輩が自主練を休むくらいですからよほどのことがあるのではと思って……。けれどその慌てよう、まさか本当に女性とデ――逢い引きを⁉」

「違う！　これは慌ててるんじゃなくて、姫咲さんのおかしな発言に動揺してるだけ！」

「そ、それならいいのですが……。けれどもし、万が一のお話ですが、仮に女性から誘われても、先輩は絶対に行ってはダメですよ？　絶対ですからね？」

「何の心配してるんだ……」

「わ、私はマネージャーですから。もし先輩が女性にうつつをぬかしてバスケをおろそかにしては大変なことになると思ってですね」

……そんなところまでマネージャーの責任を感じられても困る。

「い、いえ、すみませんでした。鹿島さんのこともあって少々取り乱してしまったようです。そうですよね、先輩に限ってそんなことあり得ませんよね」

うんうんと一人頷く姫咲さんの一言に、俺はちょっと傷つく。確かに女性とは縁がないけど、そういう風に納得されたらされたで悲しいものがある。

でもその後すぐに「先輩がそんなことで練習をないがしろにするはずがないですよね」と続けられて、信頼されてるのかそうじゃないのかよくわからなくなってしまう俺。

姫咲さんはそのまま一人納得しながら去って行った。なんなんだ。

……なんか、いろいろとよくわからない発想に翻弄された気がするけど、とりあえず居残り練習のことは伝えたからいいか……。俺も着替えよう。

「お待たせせっ！　ごめんね、ちょっと時間かかっちゃった」

それから約十分後。先に着替えを終えた俺と啓介《けいすけ》が体育館の前で待っていると、やがて制服姿の千尋《ちひろ》がやって来た。

はぁはぁと息を切らしているところを見ると、結構急いで来たらしい。

その拍子に空気がふわっと揺れ、柑橘《かんきつ》系の甘い香りが千尋から漂う。

制汗剤か何かだと思うけど、随分と女の子っぽい香りのように感じた。

「……あ、いや大丈夫、そんなに待ってないから」

「女は身だしなみを整える時間が必要なことくらいわかってるって」

「ありがとなおくん。それにけーちゃんもよくわかってんじゃん」

「その割には、まだちょっと髪がボサってるところがあるけどな」

「え、ウソっ⁉　どこどこ⁉」

啓介と千尋がそんなやり取りをする中、俺は気持ちを落ち着ける。

さっき姫咲さんから変なことを言われたせいか、なんだか千尋を変に意識してしまっている自分がいて、なに考えてんだと軽く頭を振った。

「なおくん、ちょっと速いよ。もっとゆっくりいこ？」

「あ、ごめん」

学校を後にして歩き始めると、間もなく千尋にそう言われた。

自分でも無意識のうちに早足になっていたみたいで、俺は少し速度を落とす。

啓介の家は学校から徒歩数分のところにある。なのでのんびり駄弁《だべ》りながら歩いていてもすぐに着くため、急ぐ必要はなかった。けれど気が急《せ》いてしまったのは、きっとこの二人と一緒に歩くのが嫌だったからだろうと思った。

誤解してほしくないけど、俺がこの二人を敬遠してるとかそういうことじゃない。

そうじゃなくて、単純に俺の問題だった。具体的には、俺の背丈の問題だ。

啓介は180cmオーバーの長身、千尋もバスケをやっているだけあって女子の平均を大きく超える174cm。一方俺は、同い年の男子の平均をも下回るギリギリの160cmだ。

ただ単に背が低いというだけならまだしも、俺はバスケという身長がモノをいうスポーツをやっているので深刻だった。どうにもならないこととはいえ、だからこそコンプレックスも否応《いやおう》なく強くなる。

この二人と一緒に歩いていると、普段は抑えつけているそのコンプレックスを嫌でも再認識させられた。特に千尋を見上げていると、心の奥がキュッと締め付けられるような感覚になることが時々ある。

けどその感覚よりも、そう感じている自分が何より嫌だった。

キャプテンとしてバスケの世界で活躍する二人と比べて、レギュラーにさえなれていない自分の現状を悲しく思ってしまう弱さ。

幼馴染《おさななじみ》を出汁《だし》にして悲劇に浸ろうとする自分の卑怯《ひきょう》さ。

そんなものに囚《とら》われるのはもうやめようと、あの時決めたはずなんだけど。

「あ、もしかして、私の匂い変？　こういう女の子らしいのって合わないかな……」

俺が自分に苦笑していると、千尋がなにか変な勘違いをし始めたので、さっさと下らない思考を切り替える。こんないい幼馴染達を前に、卑屈になる権利なんてどこにもない。

大丈夫だと言ってもまだ「ほんとに？」「なおくんは嫌いじゃない？」と不安そうな千尋をなだめているうちに、間もなく啓介の家に到着した。

啓介の家は一言でいえば豪邸だ。広い。デカい。リアルメイドさんがいる。こういえば大体どんなものか想像できるかもしれない。俺は子供の頃から何度も来てるからもう慣れてしまったけど、冷静に考えるととんでもないよな。

啓介の部屋に行き、早速勉強を始めようとテーブルを囲んで座る。

「はー、今日も練習疲れたよぉ。蘭《らん》ちゃん先生キビシーからさー」

「まったくだな。勉強始める前に、ちょっと一休みしようぜ」

「さんせー。あ、新刊もう買ってあるじゃん！　読ませて読ませて」

「ちょっとちょっと二人とも！」

しかしその瞬間、啓介と千尋の雰囲気が一気にダラッと弛緩《しかん》した。

千尋は漫画の並んだ本棚に向かおうとするし、啓介はベッドに寝転がるし。

「勉強を見てほしいって話だっただろ。ほら、早く座ってノートを広げる」

「えー、ちょっとくらい休憩したっていいじゃん。ね？　ね？　なおくーん」

千尋が俺の腕に抱きついて、猫なで声でスリスリしてくるが、もちろんそんなことで甘い顔をしたりしない。したらキリがないってのは長年の経験で知ってるから。

「前もそう言って、結局みんなでゲームして勉強せずに終わったじゃないか」

「おいおい直輝、青春ってのは短いんだ。たまには羽目を外して楽しもうぜ。お前は真面目すぎるんだよなぁ」

「ここに来るたびに同じやり取りしてるのに、なにがたまになんだよ……。今日はちゃんと勉強するからな。ほら、準備準備」

「えー、やだやだ！　勉強したくないよー！」

「直輝の鬼！　悪魔！　いつの間にお前はガリ勉くんになっちまったんだ……！」

「そっちから頼んできたってのを忘れてるんじゃないだろうな⁉」

手足をジタバタさせながら抵抗する二人に、俺は頭を抱える。……ったく、子供か！

「赤点取って部活できなくなったら困るんだろ。俺だって千尋がそんなことになったら嫌なんだからさ」

「くっ、今回は仕方ない千尋。俺達は直輝がいないとどうしようもないんだから、ここはちゃんと従うしかないぜ」

「はぁい……」

「……はぁ」

ため息が出る。なんとか説得はしたけど、始める前から無駄に疲れた。

……なんでこっちが悪者みたいな構図になってるんだよ……。

なにはともあれ勉強会は始まったが、そこからも大変だった。

わからないからとすぐに折れそうになる千尋を励まし、隙あらばサボろうとする啓介に注意しながら、なんとか進めていく。

……というか啓介はこれで学年トップなんだからマジでズルい。なんで千尋に教えてるのを流し聞きしてるだけで満点が取れるんだよ……。

「まったく、こんな姿は他人には見せられないな。特にバスケ部の連中には……」

涙目でテーブルに突っ伏す千尋と、シャーペンを咥《くわ》えてダラーッと頬杖《ほおづえ》をついている啓介を眺めながら、俺はやれやれと呟《つぶや》く。

「大丈夫だよぉ。なおくんの前以外ではちゃんとするから」

「俺の前でもちゃんとしてくれていいんだけど⁉」

「馬鹿野郎！　お前は俺らの心のオアシスなんだから、頼り切りになるのは当たり前のことじゃねーか！」

「情けないことを自信たっぷりに宣言するな！」

「仕方ないだろ。小さい頃からずっとお前が俺らを引っ張ってきてくれたんだから。俺らはもうすっかり直輝なしじゃ生きられない身体《からだ》なんだよ！」

「ねー」

満面の笑みで同意する千尋に、俺は頭痛を覚える。

確かに啓介の言う通り、俺ら三人の関係は昔からそんな感じだった。

今でこそみんなの中心にいるような人気者の二人だけど、実は引っ込み思案なところがあったり泣き虫だったりと、消極的な面も持ち合わせていた。

そんな二人を俺がよく引っ張っていたため、なんとなく俺が三人のリーダーというか、意思決定役みたいな立ち位置になってしまった。

実は啓介と千尋がバスケを始めたのも、俺が二人を誘ったのがキッカケだったし。

……だけどそれは子供の頃の話だ。

いまや二人はそれぞれ男女バスケ部のキャプテンになり、エースとして頭角を現している。千尋はいち早く全国大会に出場し、啓介率いる男子バスケ部も、今年は出場を狙えるところまできている。

一方、俺は万年補欠の平部員のまま。

状況は変わっているのに、俺達の関係性だけは昔と変わっていない。

だからどうだってわけでもないけど、やっぱりどこか引っかかる部分はある。

少なくとも傍《はた》から見ると奇妙に思える関係だろう。だから俺はなるべく、学校なんかでは二人と幼馴染だということを出さないようにしている。

……もっとも、啓介と千尋はそんなことおかまいなしなんだけどな。

そんなことを考えつつ、俺は二人に勉強を教えていく。

「やっぱり直輝は教え方上手《うま》いよな。学校の授業よりよっぽど頭に入るぜ」

「それはお前が授業を聞いてないだけだろ……」

「違うよぉ、なおくんが上手なの。もしなおくんが先生だったら、私も居眠りせずに授業をちゃんと受けるんだけどなぁ」

「さらっと自白してるんじゃない。ってか二人とも授業を真面目に聞いてたら、わざわざ俺に教えてもらわなくたって大丈夫だろうに」

「逆だよ逆。授業を聞いてなくても俺達には直輝がいるから大丈夫ってわけ」

「だよねー。ありがとなおくん！」

「全然うれしくない……」

と言いつつ、ちょっとうれしさを感じている自分がいるから悔しい。

そんなやり取りを挟みながら、なんとか勉強は進めていく。そうしてしばらくして、とりあえずこれだけやれば千尋も赤点はとらないだろうというところまでは到達できた。

「やっと終わったよー！　もうくったくただよー！」

大きく伸びをする千尋の横で、俺も身体を伸ばす。疲れたのはこっちも同じ。難しい問題に当たるとすぐに頭が爆発しそうになる千尋をなだめながら教えるのは大変なんだ。

……まあでも、それで俺も復習になって成績を維持できてる側面もあるから、実は面倒ってだけじゃなかったりもするんだけどね。

ただそれを言ったら二人は調子に乗るだろうから、口には絶対出さないけど。

「確かに疲れた。このストレスは発散しないとな」

「お前は横で寝転がりながら聞いてただけだろ。ノートも取らずに……」

「直輝の言葉は頭に残るからいいんだよ」

啓介はそう言いながらスッと立ち上がり「よし」と続けた。

「こうなったら、せっかく直輝もいることだしアレをやるか！」

その言葉を聞いた瞬間、俺はギクッと身体を強張《こわば》らせ、千尋《ちひろ》は俺の方を見てなんとも言えない半笑いの表情をする。

「ちょ、ちょっと待って。アレってまさか……！」

「けーちゃん、またアレするんだ。好きだねー。付き合わされるなおくんも大変だね」

「お、俺は嫌だぞ！　というかアレなら女子の千尋の方がいいだろ⁉」

「私はパス。けーちゃんの趣味をどうこう言うつもりはないけど、ついていけないし」

「ついていけないのは俺も同じだ！」

「別にいいじゃん。どうせ見るだけなんでしょ？　付き合ってあげなよー」

生暖かい笑顔の千尋に、俺はグッと言葉を詰まらせる。

……見るだけじゃないんだよ！　そんなこと、口が裂けても言えないけど……！

「さあさあ直輝、久しぶりにたっぷり付き合ってくれよな！」

「い、嫌だ！　俺は嫌だぞ！」

「じゃ、私は先に帰るね。なおくん、今日は勉強見てくれてありがと！　また何かお礼するね。なにがいいかな？」

「ま、待ってくれ千尋！　お礼というなら今ここで帰らないで……！」

俺の叫びも虚《むな》しく、千尋は「じゃーねー」と逃げるように部屋を出ていった。

そして次の瞬間、啓介《けいすけ》の手が俺の肩をガチッと摑《つか》む。

恐る恐る振り向くと、そこにはものすごく楽しそうな啓介の笑顔が……！

逃げる間もなく、俺は圧倒的な力で奥の部屋へと連れて行かれた。

そこは部屋自体がクローゼットのようになっており、無数の服がハンガーにかけられていた。

それは、ただし、かかっているのは全て女性用の服だ。

それは、つまり……。

「待っていろ直輝！　すぐに着替えるからな！　新しく用意したあの衣装、是非お前に見てもらいたいんだ！　それとメイクの腕もアップしたから楽しみにしててくれ！」

そう、啓介の台詞《せりふ》でもう大体わかると思うけど――……『女装』である。

バスケ部のキャプテンでありエース。スクールカーストのトップにして人気者。告白してきた女子は数知れず――そんな完璧超人な早乙女啓介の唯一にして最大の趣味が、女の子の格好をすることなのだ。

ここで勘違いしてほしくないんだけど、啓介はあくまで女装が好きなだけで、精神的に女性であるとか同性愛者だとか、そういうことじゃない。

女の子らしい可愛《かわい》い格好をするのが好きというだけで、心は正真正銘男のままだ。

「漢《おとこ》がKAWAIIを目指して何が悪い！」

啓介の口癖であるこの台詞が、女装癖の根っこの部分を的確に言い表している。

なるほど、変わってるかもしれないけど、その趣味自体は他人がどうこう言えるものじゃない。本人が満足してるなら結構な話だ。

……ただしそれは、俺を巻き込まなければの話なんだけどな！

「別にわざわざ俺に見せる必要はないだろ⁉」

「お前に見てもらうのがうれしいんじゃないか！　……ほら、どうだ⁉」

そう言って素早く着替えとメイクを終えた啓介が戻ってきた。

ショートボブのウィッグを装着し、リップもアイカラーもバッチリ。そして肝心の服装はというと……、これって昼休みに見せられた、萌《も》えソシャゲの衣装じゃないか！

「なんでそんな服持ってるの⁉」

「特注した。ゲーム内でゲットしたら着ようと思ってたんだ」

……ど、どこからツッコんでいいかわからない。でも、啓介が萌えソシャゲをやってるのは可愛い衣装を研究するためだってことは知ってたので、今更かもしれない。

「さあどうだ直輝！　俺の姿は！　可愛いか⁉」

ズイッと迫ってくる啓介に、俺は思わず後ずさる。

可愛いか可愛くないかと言われたら……、ぶっちゃけ可愛いと思う。

啓介は基本となる容姿が物凄《ものすご》く整ってるし、メイクの腕も長年続けていることからかなり上手だ。正直そこらのアイドルよりよっぽど綺麗《きれい》だと思う。

……ただ、残念ながら全体を見るとそうとはいえない。

啓介は高身長で、スラッとしている方とはいえ筋肉もありガッシリした体つきをしている。だからどうしても可愛い女の子には見えず、控え目にいってもカッコイイお姉さんという感じにしかならない。

「……くそっ、やはりまだダメか！」

俺が何とも言えないでいると、啓介は悔しそうに顔を歪《ゆが》める。

「い、いや、ダメってわけじゃなくて……。綺麗なのは本当だと思うし……」

「キレイじゃダメなんだ！　俺が目指すのはあくまでカワイイなんだ！　そう、まさにお前みたいなカワイイを、俺も実現したいんだよ！」

そう言いながら、啓介は俺の腕を掴んだ。まるで逃がさないとでも言うように。

サーッと、全身から血の気が引く。

「ちょ……っ！　ま、待て！　まさか！」

「さあ直輝、お前のカワイイを見せてくれ！」

薄々わかっていたことだけど、そのまさかに俺は戦慄する。

逃げようと思っても圧倒的な力の差で、俺はそのまま奥へと引きずられていく。

服を無理矢理着替えさせられ、顔にはメイクが施され、俺はなす術《すべ》もない。

そうして間もなく鏡の前に立たされると、そこにはふりふりのワンピースを着せられツインテールのエクステを着けられて泣きそうになってる情けない自分の姿が……。

「し、死にたい……」

「ああくそっ！　お前は相変わらず可愛いな！　可愛すぎる！　嫉妬する余裕もないくらいだ！　なんでお前はそんなに可愛いんだ⁉　羨ましい……！」

恥ずかしくて涙を流す俺の横で、啓介は羨望《せんぼう》にむせび泣く。

なんなんだこの光景はと思うかもしれないが、残念ながらこれは昔から続いているものだ。女装趣味の啓介に付き合わされ、俺も無理矢理女装させられるという……。

「なんで泣いてるんだ直輝？　ハッキリ言って、お前は今相当な美少女だぞ⁉　アイドルなんて相手にもならない！　まさに俺の理想のカワイイだ！」

啓介は興奮して俺を褒めるが、もちろんうれしいはずもない。

俺自身、自分が今どれだけ女の子らしい姿をしているかということは自覚している。

ぶっちゃけ我ながらすごく似合ってると思う。……だからこそ、余計に悲しい。

身長が低く女顔。身体《からだ》も華奢《きゃしゃ》で筋肉もない。

バスケには向いてない身体だってことが、今の姿から嫌というほどわからされる。

女装させられてることよりも、その事実を突きつけられることの方がよっぽどキツかった。それをエースの啓介に羨ましがられてるという皮肉な構図もまた、悲しさに拍車をかける。……マジで死にたい。

カシャッカシャッ――

「って、なに写真撮ってんだよ⁉」

「もちろんこの芸術のようなカワイイを記録するためだ！　お前のこの完璧な美少女ぶりを見て、日々俺はさらに可愛くなろうと心を燃やすんだ！」

「やめろ！　俺のこの姿をモチベーションにするな！」

「ハァハァ。泣き顔も萌えるけど怒った顔も最高に萌えるな」

「息を荒らげるな！　普通にキモい！」

「まあ安心しろ。これは俺が個人的に楽しむ以外には使わない。そういう約束だ。もちろん千尋にも内緒にする。見せれば絶対あいつ大喜びするだろうけどな」

……やめてくれ。女装姿が千尋にバレたら、マジで生きていけない……！

千尋は啓介の女装趣味については知ってるけど、俺までさせられてるということは知ら

ない。啓介の女装姿を見せられてるだけだと思ってるのがせめてもの救いだった。

「うおお萌えて——じゃなく燃えてきた！　いつか絶対、俺自身もお前のようなカワイイを手に入れてみせるからな！」

「勝手にがんばってくれ！　ただし俺を巻き込まずに！」

「さあ、もっといろんな衣装とかメイクを試そうぜ！」

「俺の話聞いてる⁉　ってか離してくれ！　やーめーろー！」

必死に抵抗してもかなうはずもなく、俺はその後も啓介に付き合わされて散々女装させられることになる。

ちなみにその時の詳しい描写は省略させてもらう。野郎が二人して女の子の格好をし続けるところとか聞きたくないだろうし、俺も口にしたくないからな……！

▼

「先輩。なんだか今日はお疲れのようですが、どうかしましたか？」

翌日の部活後。

居残り練習で二人きりになると、姫咲さんはすぐにそう訊《たず》ねてきた。

もちろん疲れている理由は昨日のアレだ。

ハッキリいって精神にかなりダメージを負ってしまった。逆に啓介のやつはエネルギーが補充されたらしく、今日の部活ではかなり張り切っていた。ひどい落差だ。

「あ、ああ、今日の部活はちょっとハードだったから――」

なんにせよ本当の理由を姫咲さんに言えるわけもなく、俺は練習のせいにして誤魔化そうとしたのだが、その時不意にスマホが鳴った。

部活中は更衣室に置いているが、居残り練習の時はすぐに連絡できるようにと三橋《みつはし》先生から携帯するよう言われていたのだ。

なにか連絡かと思って画面を確認した俺だったが、その瞬間ピシリと身体が固まった。

「……ぐっ⁉」

なぜならそこには俺の女装姿の写真が表示されていたからだ。

よく見ると先生からの連絡じゃなく啓介からで、一緒に来た文面には『昨日撮った写真があまりにも可愛かったのでお前にも送るぜ☆』とあり頭がクラクラした。

もちろん、こんなものは即削除しようと思ったのだが――

「先輩？　その写真はなんですか？」

その瞬間、背後から声をかけられ、俺は心臓が飛び出るかと思った。

「い、いや、なんでもないから！」

全然なんでもない感じじゃなく、あからさまに慌てながら誤魔化す俺。

すぐにスマホを背中に隠したものの、姫咲さんはどこか愕然《がくぜん》とした表情で、

「い、今チラッと見えてしまったのですが、もしかして女の子の写真でした……？　い、いえいえいえ、まさか、そんなことは……！」

その言葉に、俺は全身の血が凍りつくような感覚に襲われた。

……み、見られた⁉　ヤバい……！　今のが俺の女装写真だなんてバレたらマジで死ねる……！　もう学校にも来られない……！

「ち、違うよ⁉　そんな写真では全然ありませんよ⁉」

俺は必死に取り繕おうとするが、自分でも悲しいくらいしどろもどろだった。

しかし、姫咲さんもなぜか俺と同じくらい狼狽《ろうばい》した様子で迫ってくる。

「ちょ、ちょっともう一度見せてください。お願いします！」

「だ、ダメ！　それだけはダメだ！」

「ど、どうしてそんなに慌ててるんですか⁉　やっぱり女の子の写真……⁉　……ま、まさか先輩、昨日居残り練習をしなかったのは、本当にその子と会うために……⁉」

「ち、違う。そういうことじゃなくて！」

「そ、そんなのいけません先輩！　私以外の――ではなく！　じょ、女性にうつつをぬか

すだなんて、そんなの許容できません！」

いつの間にか「う～」と涙目になってる姫咲さん。これじゃまるで俺が姫咲さんをイジめてるみたいじゃないか！

「だから誤解なんだってば！　っていうか、そもそも姫咲さんが許容するとかそういう話じゃなくないですか⁉」

「い、いえ、不純異性交遊は見過ごせませんから！」

「なにその風紀委員みたいな物言い⁉」

「マネージャーとして先輩を守るためには、私は風紀委員にだってなる覚悟なんです！」

いやいや、意味がわからないから！

俺は迫る姫咲さんからなんとかスマホを守ろうとする。

ステップを刻み、フェイントを駆使し、時にはブロックの技術も応用して――

「って先輩、こんなところでバスケの技術を使わないでください！」

イジワルです！　と非難の声が上がるが、俺はまるで全国大会がかかった試合に出ているかのように真剣だった。

……許してくれ！　今は絶対に負けられない戦いなんだ……！

「女の子の写真がほしいなら、わ、わたっ、私がモデルになりますからぁ！」

「なんでそういう話になるの⁉」

「そ、それで先輩が満足するなら、これもマネージャーの務めで――って先輩！　どこ行くんですか！」

「ら、ランニングしてくる！　今日は体力アップの基礎練をするから！　姫咲さんは先に帰っていいからね！」

「ちょっと先輩――」

俺はそう言って、その場から走って逃げ出した。

とにかくこの女装写真を姫咲さんに見られるわけにはいかないので、なりふり構っちゃいられなかった。

背後に姫咲さんの声を受けながら、俺は自分の肉体がいろんな意味で恵まれていないことに改めて涙を流すのだった。

第三章　練習試合

「今日の試合は重要だ。女子はもちろん、男子にとっちゃ全国を本気で目指せるかどうかの試金石になる。全員気張っていけよ」

三橋先生の言葉に、整列していた男女バスケ部員達が「はいっ！」と返した。

体育館の中は、いつになく緊張した空気に包まれている。

それもそのはずで、今日は他校を呼んでの練習試合の日だった。

しかも相手の海成高校は男女ともに全国高校バスケットボール大会の常連で、先生の言った通りうちがそこを目指すにあたっては必ず乗り越えないといけない壁でもあった。

部員達も皆それがわかっているので、全員真剣な表情をしている。

特に男子バスケ部にとっては、今年初めて全国大会出場を目指しているという立場上、その資格があるということを内外に示す重要な機会だった。

ここで惨敗《ざんぱい》を喫するようなら、この先いろいろと難しくなる。

「それじゃ解散。男子はこのままここに。女子は第二体育館まで移動するように」

先生の号令で女子部員達は去って行き、男子部員はそれぞれ軽いストレッチを始める。

そうこうしているうちに海成高校の面々がやって来て、俺達と同じように準備運動を始めた。その顔には闘志がみなぎっているように見えた。

「いよいよか……」

この日のことは、練習試合をすると発表された時からずっと待ちわびていた。

全国大会を目指す道が本格的に始まる瞬間だ。緊張と期待で身体が震えてくる。

……もっとも、俺はその試合に出場することはないんだけどね。

レギュラーじゃないからそもそも出られないし、一応補欠という扱いではあるけど、それはレギュラー部員以外全員同じ。俺に出番が回ってくることはない。

もちろんそのことは残念だったし、できることなら俺も試合に出場したかった。

けれどその資格がないということは俺自身が痛いほど知っている。残念ではあるけど、俺にできることは啓介《けいすけ》率いるレギュラー陣をベンチから応援することだけだ。

「先輩、調子はどうですか」

そんなことを考えていると、姫咲さんが静かにやって来て俺にそう訊ねた。

「俺は出ないから調子も何もないよ。悪くはないけど」

「……やっぱり理不尽です。先輩は一人居残って練習をして、あんなにがんばってるのに試合に出られないなんて……」

「仕方ないよ。いくらがんばってても実力がないと。それより姫咲さん、練習試合の日程調整とか大変だったでしょ。ご苦労さま」

「いえ、そんなのは別にいいのですが……、やはり不満です。先輩をレギュラーに指名しないなんて、先生は見る目がないのではないですか」

本当に不満そうに唇を尖《とが》らせる姫咲さん。その仕草が可愛《かわい》くて、俺は苦笑する。

どうも姫咲さんは俺のことを買いかぶっているようだった。居残り練習に付き合ってくれているからか、どうも俺をひいき目に見ている節がある。

「俺が監督でもレギュラー陣の選定は同じようにしてるよ。それより姫咲さん、そろそろ始まるみたいだから向こうに行ってた方がいい」

「あ、そうですね。それでは先輩、がんばってくださいね」

試合には出ないって言ってるのに、姫咲さんはそう言い残して二階の観客席へと移動して行った。

そこは既に結構な人だかりになっていて、中でも女子が目立つ。啓介の出る試合で、しかも普段の練習は見学禁止だから、その分ここぞとばかりに応援しに来たようだ。

海成の生徒も何人か応援に来ていて、練習試合とは思えない程の賑《にぎ》わいだった。

「それではこれから、星ヶ丘学園男子バスケ部と海成高校男子バスケ部の練習試合を始めます。一同、礼」

間もなく、審判を務める海成高校のコーチが試合開始を告げる。三橋先生は同時に第二体育館で行われる女子バスの方の試合を見に行っており、ここにはいない。

コートに並んだ五人ずつ、計十人の選手が対峙《たいじ》し頭を下げる。

その後それぞれ自分のポジションに移動した後、各チームのジャンパーがセンターサークルへと出てくる。うちはもちろんキャプテンである啓介がその役目だ。

ボールが投げ上げられ、とうとう戦いが始まった。

最初のジャンプボールを制したのは啓介だった。

啓介は着地すると、そのまま敵陣へと突っ込んでいく。もちろん相手はディフェンスラインを張ろうとするが、啓介は巧みなボールさばきを見せつつ見事に間を抜けていった。

そしてあっという間にゴール下に辿《たど》り着いてシュート。歓声が上がる。

……やっぱり啓介はすごい。不意を突いたとはいえ、最初からいきなり攻めていくとはな。相手選手達の顔からは明らかな驚きが見てとれる。

しかし相手は強豪である海成高校だ。すぐに立て直し反撃に出る。

啓介を徹底的にマークすると同時に、こっちの隙を的確に見抜いて突破してくる。

動きに一切無駄がなく、練度の高さがひしひしと伝わってきた。

「がんばれ！　いけるぞみんな！」

俺は文字通り手に汗を握りながら応援していた。

試合は完全に拮抗《きっこう》状態で、こっちがシュートを決めたと思ったら、向こうもすかさず取り返してくるという展開が続いた。

点数的にもまったくの五分で、次第に体育館の中は熱気を帯びてくる。歓声も段々と大きくなっていった。

「キャー！　早乙女くーん！」「オトメっちカッコイイ！」「早乙女くん最高ー‼」

第一クォーターが終わる直前、啓介がスリーポイントシュートを決めた時なんか、体育館中に黄色い歓声が響き渡った。ほとんどはうちの女子生徒だったが、中には海成の女子も啓介の活躍に興奮しているのが見えた。

今年の男子バスケ部は本気で全国大会を狙えるってこともあるけど、やはり人気なのは啓介がキャプテンとしてがんばっているからだというのがわかる。

それにしたって相手校の女子からも応援されるとは、イケメンの威力は恐ろしい。

「ふう……、やっぱ強《つ》えーな海成は」

最初のインターバルに入りベンチに戻って来た啓介は、汗をタオルで拭いながらそう呟《つぶや》いた。

「ああ。でもこのままいけば十分勝てると思う。がんばってくれよ」

「わかってる。全国にゃ何が何でも行かなきゃだからな。気張るさ」

俺が声をかけると、啓介は相手チームを見据えながらそう返した。

その顔は真剣そのもので、いつもの飄々《ひょうひょう》としたつかみどころのない感じは今はない。

そこからは啓介の全国大会へかける意気込みが強く伝わってきた。

ふと観客席の方に目をやると、姫咲さんがこっちを見ていた。一瞬目が合ったけど、さすがに今は啓介の方を見てたんだろう。マネージャーとしても大事な試合だからな。

そうして二分のインターバルが終わり、第二クォーターが始まった。

展開は第一クォーターと同じ、一進一退の攻防だった。

啓介がシュートを決め、向こうがすぐに取り返す。

啓介がマークされるとこっちもすかさず相手のエースを固め、別の選手が前に出て点数を取りに行く。

啓介というエースが活躍しながらも、それ以外の選手も積極的に動いていた。全体的にレベルが高く、それは相手も同じで、結果的にジリジリした試合展開が続いた。

だがそんな中、不意に変化が訪れる。

第二クォーター終了間近のこと。うちの選手が一人、急に倒れ込んだのだ。

「おい柿崎《かきざき》！　大丈夫か⁉」

啓介が急いで助け起こすと、柿崎は右足を引きずりながら痛そうに顔をしかめた。どうやらさっき踏み込んだ時、ディフェンスをかわそうとして無理な姿勢になり、足を痛めたようだった。

不幸中の幸いで、試合はちょうどそこでハーフタイムに入った。

啓介に支えられてベンチに戻った柿崎だが、相変わらず表情は苦しそうなままだ。

「……こいつは続けるのは無理だな。選手交代だ」

啓介はしばらく様子を見ていたが、やがて静かにそう告げた。

保健室に向かう柿崎を見送った後、啓介はみんなの方へと振り向く。

選手交代――誰が柿崎の代わりに入るのか、自分の名前が呼ばれるかもしれないと全員に緊張が走る。本来こういった場合、誰を選ぶかは監督の役割だが、三橋《みつはし》先生がいないのでキャプテンである啓介に全権が委ねられていた。

みんなが固唾をのんで啓介の言葉を待っている。

俺も場の雰囲気に緊張していた。けど自分が呼ばれることはないとわかっていたので、一体啓介が誰を選ぶのか、純粋な興味の方が大きかった。

しかし――

「直輝、やれるな？」

「え？　……お、俺⁉」

次の瞬間、啓介の口から出てきたのは俺の名前だった。

その場にいた全員が驚いたような顔でこちらを振り返る。だが一番驚いているのは他ならない俺自身だった。

「ど、どうして俺が？」

「お前ならやれると思ったからだ。そうだろ？」

啓介の目は本気だった。どういうつもりかわからないけど、いつもみたいな悪ふざけでは決してなかった。

俺はゴクリと喉を鳴らしながらも、気づいたら無言で頷《うなず》いていた。

選ばれるはずがないと思っていたのは事実だった。

けど、心の奥底ではこう考えている自分もいたのだ。

俺も試合に出たい。試合に出させてもらったら、きっとやれる――と。

ハーフタイムが終わり、啓介が審判に選手交代を告げる。

それに合わせて俺がコートへ入ると、体育館にざわめきが走った。

理由はわかってる。俺の身長だ。なんであんな小さいやつが代わりに出てきたんだ？

　と、みんな不思議に思ってる。キャプテンの決定だから誰も異を唱えなかったけど、同じ部の仲間もそんな目で俺を見ていた。

海成のやつらも意外そうな顔をしている。ヒソヒソと耳打ちしたり「なんだあんなやつか」と弛緩《しかん》した雰囲気になったり、中にはニヤニヤと舐《な》めたように笑ってるやつも。

顔を上げると、観客席の生徒達も似たような感じだった。

胸の奥がキュッと締まる。こういった目で見られるのは慣れているはずだったが、それでもやっぱり辛《つら》かった。他人の目なんか気にしないと決めたはずなのに。

「……あ」

だけどその時、一人だけ違う目で俺を見ている存在に気がついた。

姫咲さんだ。姫咲さんだけは少し心配そうながらも、まるで俺のことを応援するかのように温かい視線を向けてくれていた。そんな姫咲さんと目が合った瞬間、さっきまでの心の弱さがパッと消えた。

「大丈夫だ直輝、心配するな。いくぞ」

「心配なんかしてないよ。やれることをやるだけだ」

すっかり立ち直った俺は、啓介の言葉にそう返して前に出た。

身長がどうだろうが関係ない。今できることを全力でやるだけだ。

なんで俺を選んだかわからないけど（もし身内びいきなら後で全力で怒るとして）、啓《けい》介《すけ》の期待に応えるためにも、これまで培《つちか》ってきたものを全て出すしかない。

試合が再開され、ボールが動き出した。

俺は全てを忘れ、バスケに集中するのだった。

★

「先輩、がんばってください……！」

第三クォーターが始まり、私はギュッと手を握りながらそう呟きます。

先輩が試合に出てる。先輩が戦っている――

どうして先輩が選ばれたのかはわかりませんが、今はそんなことはどうでもいいです。

重要なのは、試合中の先輩は、もう気絶するくらいカッコイイということです……！

……ああ、先輩凛々《りり》しい！　先輩可愛い！　先輩素敵！　先輩大好き！

頭の中は先輩への「好き」という気持ちで埋め尽くされていましたが、とはいえ試合を見る目は冷静さを保っていました。せっかくの先輩の実戦なのです。０・０１秒さえ見落とすわけにはいきません。この目にしっかり焼き付けないと！

「先輩……！」

私は先輩だけを見ます。他の選手なんて目に入っても認識さえされません。

先輩は強かったです。そんなのとっくにわかっていたことだけど、実際にこうやって見ていると、もう泣きだしそうなくらいの感動が押し寄せてきます。本当に泣いてしまうと視界がぼやけて先輩が見られなくなるのでグッと堪《こら》えるのですけど。

最初、相手の選手達は先輩のことを小癪《こしゃく》にも侮《あなど》っていました。

パスを受けた先輩から余裕の表情でボールを奪おうとしていたんです。

だけどその顔はすぐに強張《こわば》りました。なぜなら先輩が、まるで風のような素早い動きで相手ディフェンスを抜け、そのまま見事なシュートを決めたからです。

緩急のきいたチェンジオブペース。相手のスピードを完全に見切っていました。

「え？　なに今の？」「ゴールしたの？」「ってか今のすごくね？」

体育館中がざわめきます。隣で見ていた女子達が驚いた顔でそんな話をしているのを聞きながら、私は内心で勝ち誇っていました。

そう、先輩はすごいのです。本当にすごい人なのです。確かに身長は他の人と比べてちょっと、その……、可愛《かわい》いかもしれませんけど！　でもそんなこと関係ありません。

先輩は誰よりも努力してきたんです。人一倍練習を繰り返して、誰にも認めてもらえなくても決して挫《くじ》けることなく、ただ黙々とバスケに打ち込んでいたんです。

先輩をバカにした目で見てた人達は、そんなことをまるで知りません。

でも私はちゃんと知っているんです。今までずっと見てたから。それこそ、先輩を追いかけてこの高校に入学するよりも前から、私は先輩を見続けてきたんです。

私は小さく優越感に浸りながら、先輩を目で追い続けます。

さっきまで油断していた相手選手達は、先輩の突然の動きに戸惑っているようでした。

きっと、どうしてこんな可愛い選手があんな動きを？　なんて考えているに違いありませんね。ご愁傷さまです。私の先輩はまだまだこんなものじゃありません。

この場にいる誰よりも、先輩の才能と努力はすごいんですから！

「わ、また決めたよ！」「あれって誰？」「確か二年の如月《きさらぎ》って人だったと思うよ」

さらに先輩がシュートを決めます。今度は見事なフェイントでディフェンスを突破しました。ボールさばきだけでなく、身体《からだ》の動きやステップまで完璧なインサイドアウト。向こうは先輩の素早さに翻弄されているみたいです。先輩もそれがわかっているようで、さらにシュートを決め続け点数を伸ばしていきます。

ギャラリーの先輩を見る目も次第に変わってきているようです。

……ふふん、今更ですね。私はずっと昔から知ってましたもん。今から先輩のファンになっても遅いですよ？　先輩のファン第一号は私ですからね！　ちなみにファンクラブ会長（非公認）の立場としては、そう簡単にファン認定はできません。私以外の女の子は先輩を好きになっちゃダメっていう厳しい規則がありますからね！　ふっふーん！

そんなことをウキウキと考えながらも、私は先輩から視線を外しません。先輩のさらなる活躍を、この目だけじゃなく脳にもしっかり刻み込むんです。

しかし、そんな私の想《おも》いとは裏腹に、少しずつ状況は変わっていきました。

先輩のシュートがだんだんと決まらなくなってきたのです。

先輩の動きは悪くなるどころかますます鋭くなっているのに、思う通りに動けていないようです。しかし、その理由はすぐにわかりました。相手チームが先輩をガッチリマークし始めたからです。

当初こそ油断していた相手ですが、今は先輩を確かな脅威と見なしたようです。

先輩が認められたこと自体はうれしいのですが、そのせいで先輩の動きが阻害されてしまっています。点数も段々と押し返され、また戦況は五分へと戻ってしまいました。

……ああ、また先輩のシュートが……！

可愛い先輩相手に、一回りも二回りも大きい相手選手達が幾重にも立ちはだかります。

先輩がバスケを愛しているのは知っていますが、こういう場面を見ると理不尽な気持ちが湧いてきます。先輩は誰よりもバスケが上手なのに、ただちょっと可愛いだけでこんなにも不利になってしまうなんて……。

「先輩、負けないでください……！　先輩……！」

私は必死になって祈ります。どうか大好きな先輩に勝利を……！

とその時、いきなり先輩の動きが変わりました。

先輩がボールを手にすると、すぐさま相手ディフェンスがやって来ます。

これまでなら、そこからなんとかシュートを狙おうとして防がれていたのですが、急に先輩がこれまでの動きを変えて味方にパスをしたのです。

完全に不意を突かれた相手は対処する間もなく、そのままゴールを許してしまいます。

その後も先輩は同様の動きを続けていきます。相手の意識を自分へと向けさせ、その隙を突いて的確に味方にボールを回し、ゴールへ貢献する——どうやらこの状況では自分が攻めるのは無理だと判断し、作戦を変えたようです。

状況を把握し最善と思われる策をすぐに実行する……、さすが先輩です。

けれど、私は同時にちょっと寂しい気持ちにもなります。

先輩の実力なら間違いなくコートの主役になれるはずなのに、ちょっと身長が可愛いからというだけでサポート役になってしまうなんて……。

いえ、それも大切なことだとわかってはいます。バスケはチームプレイです。一人だけが活躍して勝てるものではありません。先輩もそう考えたからこそ、状況に合わせて動きを変えたんです。むしろその判断力こそ、先輩の実力の証《あかし》じゃないですか。

私は気持ちを切り替えて、また先輩の応援に集中します。

相手は強豪校ですが、先輩の活躍もあり試合は完全な拮抗《きっこう》状態を呈していました。

そしてそのまま第三クォーターも終わり、最後のインターバルに入ります。

「やっぱり今年の男バスってカッコイイよねー」「早乙女くんがキャプテンだし」「この前インタビューされたんだって。ネット記事になってたよ」「マジ？　それ見たい！」

私も一息ついていると、すぐ傍《そば》にいた女子の集団からそんな会話が聞こえてきました。

……まったく、試合よりも早乙女さん目当てですか。

まあここにいる女子の大半はそうなんでしょうけどね。他のギャラリーも似たような会話をしてますし。レギュラーの誰がカッコイイとか、やっぱり早乙女さんが一番だとか、そんな話ばかりが漏れ聞こえてきます。やれやれですね。

…………ま、まあ、私もバスケ部のマネージャーという立場なのに先輩のことしか見てませんでしたから、あんまり人のことは言えないんですけど？　ね？

「やっぱ早乙女先輩っしょ。ミカはどうなん？」「そうだなー、さっき試合に出てきた二年の如月って人？　あの人もちょっとよくない？」「えー？　マジ？」

ですがその時、急に先輩の名前が出てきて、私はピクッと反応します。

……ほう、先輩に注目するとは、なかなか見る目がある人もいるのですね。まあ私はずっと前から先輩の良さをわかっているんですけど。

そんな感じでちょっと優越感に浸りつつ、私はさらに聞き耳を立てます。

「でも如月先輩ってちょっとイケメンぽくない？」「うん、なんか地味だけど、よく見るとカッコイイ感じだよね」「さっきすごい活躍してたしー」

……ほうほうほう。

……ふむふむふむ。

ようやく世間も先輩の真価に気づき始めたのですか。まあ先輩の魅力は本物ですから？　表に出ればすぐにでも気づかれてしまうのは当たり前ですよね。

それにしても女子というのは目ざといものです。先輩のカッコよさにもちゃんと気づくとは。これは今後、先輩に近づく子が現れるかもしれませんね。要警戒です。

そんなことを考えつつ、私はさらに優越感を膨らませていたのですが、

「でもあの人ってチビじゃね？」

次に聞こえてきたその一言に、私の身体はピシリと固まります。

「うん、ちょっと背が低いよね」「他の選手と比べるとすごく小さく見えるし」「で、でもバスケはすごく上手だったよ？」「それでもやっぱ身長は高い方がいいっしょー。あたし的にはあの人はないなー」

……………………は？

なに言ってるんですかこの人達は？　自殺志願者ですか？　私の前で先輩のこと、侮辱しました？　もしかして命が惜しくないとか？

「ひっ!?　な、なんか今ゾクッときたんだけど」「わ、わたしも……！」

私は静かな怒りを抱きながらその女子の集団を睨《にら》みつけます。こちらには気づいていないようですが、冷え切った視線はちゃんと届いているようです。

本当はちゃんと反論したいのですが、この場でもめ事を起こしても先輩のご迷惑になるだけです。ここはグッと堪えて、視線で射貫《いぬ》くだけにしておきます。

不満は残りますが、ちゃんと顔は覚えておきましょう。唯一フォローしていた子には、感謝と警戒も付け加えておきます。

そうこうしているうちにインターバルも終わり、最後のクォーターが始まりました。

試合展開は変わらず——……いえ、少しずつこちらが押されているようです。

先輩は相変わらず警戒され、味方へパスをつなごうとしますが次第にカットされる頻度が高くなってきているようです。相手も先輩の脅威を正確に評価した結果なのでしょうけれど、気づいたらこちらのチームの動きはかなり抑えつけられつつありました。

「ヤバくね？　このままじゃ負けるんじゃ……」「あ、またあの人のところでボールとられちゃったよ」「なんであんな背の低い人を出し続けてるんだろ。代えればいいのに」

そんな言葉がギャラリーから聞こえてきて、私は怒るよりも泣きたくなります。

まるで先輩がチームの足を引っ張っているような言い方……！

でも本当は違います。先輩ががんばっているからこそ、うちはなんとか踏ん張っているんです。先輩がいなければ状況はもっと悪かったはずなんです。

……悔しい。誰にもわかってもらえない悔しさ。私はもうその苦しみを乗り越えられたけど、先輩はまだその中にいて必死にがんばっている。今度は私が支える番なのに、結局はこうやって見ていることしかできないなんて……！

試合の終了時間が迫ってきます。

点数はわずかに相手チームがリード。このままだと逃げ切られる。そんな状況で、ボールは再び先輩の手に移りました。ここで決めないと負けてしまう——そんな確信めいた予感が全身を駆け巡ります。

先輩は相手ディフェンス陣に囲まれ身動きが取れない状態でした。

まるで理不尽な現実が形になって立ちはだかっているようで——

「……っ！」

気がついたら、私はいつの間にか立ち上がっていました。

これまでずっと我慢していたんです。試合に集中する先輩の邪魔をしてはいけないと思い、声を出しての応援は控えようと決めていました。

……でも、もう我慢できませんでした。

その時、先輩と目が合いました。私の中で何かが限界を迎え、それがそのまま奔流となって喉の奥からほとばしりました。

「負けないで先輩——‼」

▼

絶望的な状況だった。

俺は完全にマークされ身動きが取れない。味方はいい位置にいてくれてはいるが、もうどんなフェイントをかけてもパスは通らないだろう。

……ここまでか。ここが俺の限界なのか。

そう思っていた時だった。

「負けないで先輩――――‼」

不意にそんな声が聞こえてきて、俺は反射的に視線を観客席の方へと向けた。

そこでは姫咲さんが立ち上がって、俺の方を真《ま》っ直《す》ぐ見据えていた。

姫咲さんが応援してくれている。

そう認識した瞬間、身体《からだ》がフッと軽くなった気がした。

同時に、俺はあることを思い出していた。さっきのインターバルで、啓介《けいすけ》と交わした会話の内容が脳裏をよぎる。

――なあ直輝、お前もっとシュートを狙っていいんだぞ？

――あれだけ警戒されるともう無理だ。それよりシュートをにおわせて他に回した方が点は取れる。

――それはそうだけど、でもお前ならやれるだろ。

――確率の問題だよ啓介。俺が直接狙うよりそっちの方が勝てる確率は高くなる。

――そんな消極的なプレイヤーじゃなかっただろお前は。昔はもっと……。

――今と昔じゃ状況が違うよ。俺は自分にできることをやって、チームの勝利に貢献するだけだ。

――……悪いところが出てるぞ直輝。

――なんだよ、悪いところって。

――自分を過小評価しすぎだ。もっと積極的にいけ。お前ならできるんだから――

そこでちょうどインターバルは終わり、話は途切れたんだった。

なぜ今、あの会話を思い出したのかはわからない。

けれど俺の身体は勝手に動いていて、視線もいつの間にかゴールだけを見据えていた。

相手ディフェンスはもちろんシュートも警戒している。けれど、ずっと前から気づいていたことだが、そこには小さな隙があった。

抜けるかもしれないと思った。でも不利な賭けだからやめておいた。それなのに、今はそれをやろうとしている。やらないといけないと感じたからだ。

俺は前方の啓介にパスをするふりをし身体の重心を傾ける。だがそれに合わせてディフェンスが動いた瞬間、突然向きを変え相手の股の間にボールを通して前に出た。

いわゆるまた抜きというやつだが、体勢が甘かったのか、その動きと同時に右足に痛みが走る。しかし俺はそれを無視した。

跳躍し、ゴール目がけてボールをかまえる。完全に捉えたと思った瞬間、今度は別の相手が立ちはだかった。だけど俺はそのまま止まることなくシュートを放った。

軌道はわずかにズレていた。最後の最後で阻《はば》まれたのだ。身長というどうしようもないフィジカルの差を再び思い知らされる。俺は敗北を悟った。

だがその時、ズレた軌道のボールに誰かが信じられないスピードで追い付いた。

啓介だった。啓介は高く跳び上がりボールを手に取ると、勢いそのままにゴールへと叩《たた》き込んだ。ダンクシュートだ。

啓介がシュートを決めたのと、俺が着地したのはほぼ同時だった。

そしてその瞬間、強い痛みが右足から上がってきた。だけど俺は気にすることなく、啓介のシュートに見とれていた。そして試合終了が告げられた。

体育館は凄《すさ》まじい喧噪《けんそう》に包まれ、誰もが啓介に歓声を送る。

部員達は啓介へと群がり勝利を喜びあっていた。そう、俺達は勝ったんだ。

「やった……」

俺はその輪に加わることなく、その場に立ち尽くしたままだった。

なんだか現実感がなくて呆然《ぼうぜん》としていた。勝利の余韻に浸るというよりも、全てを出し切った後の空虚感のようなものの方が大きかった。

そうやってしばらくの間、俺はヒーローになった啓介をぼんやりと眺めていたが、やがてズキリという痛みに我に返った。今更ながらに右足の痛みを思い出したのだ。

……これは確実に捻挫だな。とりあえず保健室に行くか。

まだ喧騒《けんそう》が続く中、俺はそっと踵《きびす》を返した。その場の全員は啓介に注目していて、誰も俺の動きに気づく者はいない。そのまま人知れず体育館を抜け出そう——そう考えていた時だった。

「先輩、ダメですよ足を動かしちゃ。ほら、私が支えますからつかまってください」

「ひ、姫咲さん？」

不意に姫咲さんがこっちに走ってきて、俺の肩を支えたのだ。

密着する姫咲さんからふわっといい香りが漂い、柔らかさと温かさがダイレクトに伝わってきて、俺は慌てる。だけどそれ以上に気になることがあった。

「なんで……？　俺が足を痛めたってどうしてわかったんだ……？」

「そんなの見てれば一目瞭然です。それより保健室へ急ぎましょう。もし大きな怪我《けが》だったら大変です」

姫咲さんはそう言って歩き出すが、疑問は全然晴れてない。だって、

「見てればって……、別に俺は足を引きずってたわけでもないのに」

「無理な姿勢からジャンプしてたでしょう？　着地の時に痛そうにしてたのをちゃんと見ていましたから」

「……た、確かに、その時に足を痛めたんだけど……。でもそれは」

「お話は後です。今は一刻も早く先輩の手当てをしないと」

俺の言葉を遮る姫咲さん。その真剣な表情に、俺は何も言えなかった。

間もなく保健室へ到着。けど中には誰もいなかった。

どうやら先生は出払っているらしく、仕方ないから自分で手当てしようかと思っていると、姫咲さんがさっさと救急箱を取り出してベッドに座るよう促してきた。

「い、いいよ、自分でやるから」

「ダメです。私がやります。先輩はジッとしていてください」

俺が恐縮する中、姫咲さんはテキパキと手当てをしていく。表情は真剣そのもので、本当に心配してくれている気持ちが伝わってきて、なんだか気恥ずかしい。

「……どうやら軽い捻挫のようですね。安静にしてれば大丈夫だと思います」

「そ、それはどうも……、ありがとう」

「よかった……、骨折なんてしていたらどうしようかと思いました。先輩がご無事で本当によかったです」

　その言葉通り、本気でうれしそうな笑顔を向けられ、俺の頬は自然と熱くなる。

　マネージャーとしての責任感からの行動だってわかってるのに照れてしまうとは、男の性《さが》ってのは厄介だ。俺は気持ちを切り替えようと、話題を変えることにした。

「それにしても、やっぱり姫咲さんはすごいね」

「い、いえ、これくらいの手当てなんてマネージャーとしては当然のたしなみですから、そんな褒められるほどでは」

「あ、ううん、それもあるんだけど、みんなのことをしっかり見てて、それがすごいなって思ってさ」

「え？　それはどういう」

「だってあの時って啓介がダンクを決めたのと同時だっただろ？　俺だったら絶対啓介の方にばっか目を奪われてただろうけど、姫咲さんは俺が怪我したこともちゃんと把握してたから。それがすごいなって思ったんだ」

　俺がそう素直な気持ちを口にすると、姫咲さんがかあぁぁと顔を赤く染めた。

「そ、それは！　その、あの……！　わ、私はマネージャーですから!?　部員全員に目を配るのが普通じゃないですか！　そうですよね!?」

「う、うん⁉　だからそれがすごいなって話でね⁉」

そんなのは当然と軽く流されると思ってたのに、なぜか真っ赤な顔で迫られ、思わず俺は後ずさってしまう。

姫咲さんはしばらくワタワタしていたが、やがて落ち着いたのか小さく深呼吸をする。

……もしかして照れていたのだろうか？

「えっと……、そ、それにしても、啓介のあのシュートは最高だったよね」

「え、ええそうですね。さすがはキャプテンといったところでしょうか」

「本当にそうだよ。あんな劇的なシュートができるなんて。あいつはバスケが上手《うま》いのはもちろん、プレイも輝いてるから、それが本当にすごい。羨ましいよ」

俺は啓介のダンクを思い浮かべながら、自然と笑みを浮かべる。

あれは本当に震えた。マジで最高だった。

俺もいつか、実戦であんなプレイができたらと憧れずにはいられない。

「……確かに早乙女さんのダンクシュートは見事でした。ですが、先輩が羨ましがる必要はないのではないでしょうか」

けれど俺の言葉を聞いた姫咲さんは、真面目な顔でそう返した。

「先輩も今日の試合で早乙女さんに負けないくらい輝いていました。日頃の練習の成果を存分に発揮し、素晴らしいプレイをしていました」

姫咲さんは「私にはわかるんです」と言って続ける。

「だって私、先輩のことをいつも見てるんですから」

そうして最後にポツリと漏れたその言葉に、俺の心臓がドキッと跳ねた。

「あ、ち、違います！　変な意味ではなくて……！　その、先輩とは居残り練習で一緒にいるから特に注目していると言いますか——あ、違うんですよ⁉　あ、あくまでその、マネージャーとしてという観点からですね……！」

「あ、ああ、そういう」

ワタワタと両手を動かしながら説明する姫咲さんに、俺はようやく納得する。

そっか、姫咲さんは俺が落ち込んでると思って元気づけてくれたのか。

一人居残って練習を続ける俺に対する、姫咲さんなりの応援というやつらしい。

突然真剣な顔になったからビックリしたけど、姫咲さんって本当にいい人だよな……。

……っと、応援といえば。

「そうだ、姫咲さんにお礼を言おうと思ってたんだ」

「そ、そんなお礼だなんて。さっきも言った通り、こんな手当てくらいマネージャーとして当然の仕事ですから」

「いや、それもあるんだけど、さっきの試合で最後にシュートを打つ時にさ、姫咲さんが大きな声で応援してくれたでしょ？」

「え？　あ、あれ、聞こえてたんですか⁉」

「もちろん。……あの時はちょうどピンチでどうしたらいいかわからなかったんだけど、姫咲さんの応援のおかげでなんだか肩の力が抜けたんだ。それで、どうせパスをカットされるくらいならいっそシュートしようと思って」

……まあ結果的にそのシュートは失敗して、啓介《けいすけ》の見事なフォローのおかげでなんとか勝てたわけなんだけどね。

「でもなにはともあれ、あの瞬間俺が前に出られたのは姫咲さんのおかげなのは間違いないんだ。勇気が出たっていうか、背中を押してもらったっていうか」

「先輩……」

「だから、そのお礼を言いたかったんだよ。姫咲さん、応援ありがとう」

俺は本当に、心の底から感謝を込めてそう言った。

不思議と晴れ晴れとした気分で、今になってやり切ったっていう気持ちが湧いてきた。

居残り練習に付き合ってくれる唯一の存在——いわば仲間に背中を押してもらったことが、俺に勇気を出させてくれたのかもしれない。

「………」

「…………」

そんなふうに満足していた俺だったけど、ふと気がつくと変な沈黙が訪れていた。

気まずいってわけじゃないけど、妙にくすぐったいというか……。

姫咲さんはジッと俺の方を見つめたまま、呆然とした様子で黙っている。

なんだかその目がいつもと比べて熱っぽいように感じられて、俺は戸惑う。

急にさっきお礼を言ったことが恥ずかしくなってきた。

「あ、あの、姫咲さん……？」

「せ、先輩……。わた、私……！」

耐え切れなくなって口を開くと、姫咲さんは俺を見つめたまま頬を赤く染めて、何かを伝えようと必死になっていた。その姿に、俺は無意識のうちにゴクリと喉を鳴らす。

そうして姫咲さんの次の言葉を待っていた時だった。

「おい直輝、大丈夫か⁉」

「なおくん！　怪我したってほんとなの⁉」

いきなり保健室の扉が開いたと思ったら、啓介と千尋《ちひろ》が勢いよくなだれ込んできた。

いつの間にか距離が縮まっていた俺と姫咲さんは、お互い弾《はじ》かれたようにバッと離れながら振り向く。そんな俺達に気づいた様子もなく、啓介と千尋は心配そうな顔で俺の方へとやって来た。

「足をやったのか⁉　どんな具合なんだ⁉」

「まさか骨折したの⁉　ど、どうしよう！　病院行かないと……！」

「お、落ち着いて二人とも。大丈夫、軽い捻挫だから」

まくしてたてる二人を、俺は必死になだめる。

心配してくれてるのはありがたいけど、本人よりも慌てられても困る。

「……そうか。ならよかった。手当ては？」

「姫咲さんにしてもらったから大丈夫だよ」

「はー……、よかったよなおくーん……。私心配で心配で飛んできちゃった」

「そういえば女子の方の試合はどうだったんだ？　まさか抜け出して来たんじゃ……」

「大丈夫、ちゃんと勝ったよ。そんなことよりなおくんの方が一大事だよ。もし試合中に聞いてたらすっぽかしてたくらい」

「どう考えても試合の方が重要だろ⁉　恐ろしいことサラッと言うな！」

もし千尋が俺のことで試合を抜け出してたら、俺が三橋《みつはし》先生に殺されるわ！

「……お二人とも先輩のことを心配して来たんですね。いい幼馴染《おさななじみ》ですね」

そんなやり取りをしていると、横で見ていた姫咲さんがクスッと笑った。

なんだかわからないけど、とっても恥ずかしい気分だった。家族の会話を友達に見られた時みたいなむずがゆい恥ずかしさだ。

「ありがとなマネージャー。直輝のこと気づいてくれて」

「女子マネの姫咲さん、だっけ？　なおくんのこと、ありがとね」

「いえ、マネージャーとして当然のことをしたまでです」

さっきまでの変な雰囲気はいつの間にかなくなり、姫咲さんはいつも通りの真面目な感じで二人と話をしていた。

俺はそんな姫咲さんを眺めながら、心の中でもう一度礼を言うのだった。

……本当にありがとう。姫咲さん。

第四章　女子マネの妹

「こんにちは、はじめまして。姫咲雫《しずく》です。今日はよろしくお願いしまーす」

とある休日。雲一つない晴天の昼下がりのこと。

俺は公園のバスケットコートに立って、そんな挨拶を受けていた。

目の前にはなんだか申し訳なさそうな顔の姫咲さんと、その隣には興味津々《きょうみしんしん》といった感じでどこか探るような視線をこちらに向ける少女が立っている。

この子の名前はさっき自己紹介された通り、姫咲雫というらしい。

その苗字《みょうじ》からわかるように、姫咲さんの妹なのだそうだ。ちなみに小学五年生だとか。

印象としては、小学五年生にしてはちょっと大人びた感じの子だった。

言い方を変えるとませているというか、物怖《ものお》じしない感じというか。

たぶんコミュ力が高いんだろうと思う。なんとなくクラスの中心にいる女子と同じ雰囲気がする。この子もきっと小学校で同じポジションなのだろう。

それから、姫咲さんの妹ということもあってとても可愛《かわい》い子だった。もう少し大きくな

ったらお姉さんみたいに、学校中を騒がせる美少女に育つに違いない。とはいえ雰囲気としては、静かでクールな感じの姫咲さんとは逆に、明るく溌剌《はつらつ》とした感じの子だった。

姉妹で正反対のタイプなんだなと思いつつ、俺も挨拶を返す。

「はじめまして、如月直輝《きさらぎ》です。今日はよろしくね。えーと……」

「わたしのことは雫でいいですよ、如月さん」

「あ、じゃあ雫ちゃんで」

俺がそう言うと、雫ちゃんは「はい」と素直に答えつつも、やっぱりジロジロと俺の方を見てくる。なんだか値踏みされているようで落ち着かない……。お姉さんの先輩ってことで興味を持たれてるだけなのかもしれないけど。

……まあ、それはさておき、だ。

どうして俺がこうやって、休みの日にバスケットコートのある公園で姫咲さんの妹と会っているのかというと、話は数日前にさかのぼる。

といっても、別に複雑な事情があるわけじゃない。

「あの先輩、ちょっとお願いがあるんですけど……」

あの日、俺がいつも通り居残り練習をしていると、姫咲さんが遠慮がちにそんなことを言ってきたのだ。

聞くと、そのお願いというのは妹さんにバスケを教えてほしいということだった。姫咲さんの妹さんもバスケをやっており、姉がバスケ部のマネージャーをやってることを知って、高校生に直接指導してほしいと言い出したのだとか。

「せ、先輩もお忙しいでしょうし、もちろん断ってもらっても大丈夫なんですけど」

おそらく姫咲さんは個人的なことで俺に時間を割かせるのは申し訳ないと思っているらしかったが、俺は当然のように二つ返事でＯＫした。

普段からいろいろとお世話になっている姫咲さんからのお願いだ。断る理由なんてどこにもない。ただ、一つ疑問はあった。

「どうして俺に？　バスケの指導なら、それこそ啓介とかの方が適任だと思うけど」

「そ、それは、先輩でなければダメといいますか……。だからその……、せ、先輩だと安心ですから……」

もにょもにょと珍しく歯切れの悪い姫咲さんだったが、俺は「ああ」と納得した。

安心、ね。なるほど。確かに他のやつだと変な噂《うわさ》が流れたりする可能性があるし、そういう意味じゃ多くのファンを抱える啓介には余計に頼み辛《づら》い。その点俺ならそんなことないからっていういつもの判断か。

……俺って結構信頼されてるんだな。なんかちょっとうれしい。

とまあそういう経緯で、俺は姫咲さんにお願いされた通り、次の休日である今日、こうやってバスケのできる公園にやって来たというわけだった。

「ふーん、如月さんってこういう人だったんだぁ」

相変わらず、雫ちゃんはなぜか俺のことをジロジロと眺め続けている。

そんなに高校生男子が珍しいってわけじゃないだろうけど、落ち着かないなぁ……。

「えっと……、俺がどうかした？」

「あ、別になんでもなくって。いっつもお姉ちゃんから如月さんの話を聞いてるから、今日は本物に会えたーって感じなんです」

「ちょ、ちょっと雫、なに言ってるんですか……！」

「いいじゃんお姉ちゃん。ほんとのことなんだし」

顔を赤くして妹をたしなめる姫咲さんだが、雫ちゃんはどこ吹く風だ。

……というか、姫咲さんって家で俺の話なんてしてるのか。

どんな話をしてるんだ？　すごく気になるな。訊《き》かないけどさ。

——姫咲さん、俺のこと普段はなんて言ってるの？

こんな質問、自意識過剰すぎる。それにたぶん、一人居残って練習してる先輩に付き合ってるんだとか、そんな程度だと思うし。

「じゃあ早速練習しようか。雫ちゃんはバスケを始めてどれくらいなの？」

「んーと、まだ一年くらいです。あ、でもジュニアバスケチームのレギュラーですよ」

へえ、そりゃすごい。一年くらいでそこまで……、才能あるんだな。

「そうなんだ。ならどんな練習がいいかな……」

「あの、如月さん、お願いがあるんですけど」

俺が練習内容で悩んでいると、雫ちゃんはそんなことを言ってきた。

「如月さんがどれだけバスケが上手《うま》いか、先に見せてもらってもいいですか？」

「いいけど、それってつまり、どんだけ教えられるんだってこと？」

「えへへー、まあそういうことかな」

「し、雫！　先輩になんて失礼なことを……！」

イタズラっぽく笑う雫ちゃんに、姫咲さんは顔を青くして注意する。

なるほど、失礼といえばそうかもしれないけど、教えてもらう人の実力を知りたいって思うのは普通だし、俺は逆に雫ちゃんのストレートな物言いに笑ってしまった。

「いいよ姫咲さん、気にしないで。じゃあ雫ちゃん、一通り披露しようか」

「やった！　楽しみでーす！」

「ああもう……！　先輩すいません、わがままな妹で……！」

姫咲さんはそう言って本当に申し訳なさそうに頭を下げるけど、俺は全然気にしてなかった。むしろバスケ好きの後輩女子に会えてちょっとうれしかったりして。

「それじゃ、いくよ」

俺は久しぶりに遊び感覚でバスケをやる楽しさを思い出しながら、持参したボールを取り出して地面に叩《たた》きつけるのだった。

★

「おおー、如月さん、ほんとに上手じゃん」

見事なドリブルテクニックを見せる先輩に、雫は感嘆の声を上げます。

私もまた先輩の美技にみとれながら、一方でそんな雫の様子にハラハラしていました。

また何か先輩に変なことを言うんじゃないか——そう思うと、このカッコイイ先輩の姿を純粋に堪能《たんのう》する余裕もなくなります。

本当なら失礼な態度をとる雫を姉としてもっと叱《しか》るべきなのですが……、実はそうもいかない事情があるのです。

そもそもどうして先輩と雫を対面させることになったのか――その経緯は今から数日前にさかのぼります。

「……という感じで、先輩は今日もとても素敵だったんですよ。って、ちゃんと聞いてますか雫？　聞いてなかったなら、もう一度最初から繰り返しますけど」

「聞いてたよ！　ってかもうそれ三度目だよ！」

夜、私はいつものように雫の部屋で先輩のお話をしていました。

そう、いつものように、です。

その日にあった先輩との出来事を妹の雫に話すのは私の日課でした。

なので本日も居残り練習でのやり取りなどを報告していたわけですが、なぜか雫はウンザリしたような顔をしています。なぜでしょう？　聞き落としでもあったのですか？

「いや確かにね、そのお姉ちゃんが好きな先輩のことを聞きたいって言い出したのはわたしだよ？　でもまさか、こんなに毎日根掘り葉掘り、しかもデレデレデレデレした様子で聞かされるとは思わないじゃん……」

「し、失礼な、私はデレデレなんてしてません、ちょっと先輩に対する愛情が溢《あふ》れてしまっているだけです」

「うん、それがデレデレしてるっていうことだからね？　それからその先輩――如月さんだっけ？　その人のことを話してる時のお姉ちゃんの顔、マジでヤバいから」

「や、ヤバいとはどういう意味ですか」

「もうデレデレにとろけてるから。むしろ顔が崩れてるから。前にも言ったけど、その顔は如月さんに見せちゃダメだよ。絶対引かれる」

「……うっ。そ、それは気をつけてますよ。先輩の前では表情を崩さないよう、なんとか真顔を保つようにしてますから」

「それはそれで誤解されそうだけど……、まあ崩れ顔を見られるよりはマシか。それにしてもお姉ちゃんがこんなになるなんて、ほんとにその人のこと好きなんだね」

「……はい、大好きです……」

私はかあああぁと顔を熱くしながらそう答えます。

雫には先輩とのことは――出会いからどうして好きになったのかまで――もう全て話してあるので、今更誤魔化す必要もありません。恥ずかしいですけど。

「……はぁ、あのお姉ちゃんがこんな恋する乙女になっちゃうなんてねー。あのクールでツンツンしてた一年前までのお姉ちゃんはどこ行ったのって感じ。完全に別人だよね」

「も、もう雫、その時のことは言わないでください……。そもそも、あの頃とは別人になれたのも先輩のおかげなんですから」

「うん知ってる。そのこともちゃんと聞いたもん。だからわたしもその如月さんには感謝してるんだよ？　お姉ちゃんとこうして仲直りできたのも如月さんのおかげなわけだし」

「雫《しずく》……」

「でもまあ、それにしたって変わりすぎだよねー。恋ってそこまですごいんだ」

「ええ、すごいですよ。私が先輩に恋したことでどれだけ救われたか、それをまた雫に話してあげましょう」

「いやいや、それもう百回は聞いたから！　全部記憶させられちゃったからもういいよ！　それよりもお姉ちゃん！」

「な、なんですか急に改まって」

「わたしも如月さんに会ってみたい。お姉ちゃんをここまで変えちゃった男の人がどんな人なのか、この目で見てみたいんだよ」

「ええ⁉」

いきなりそんなことを言われて、私は動揺します。

「ねえいいでしょ？　如月さんに会わせてよ。口実はなんでもいいからさ」

「そ、そんなこと言われても……！　急にどうして……！」

「ぶっちゃけ言うと値踏みかな。その人が本当に、お姉ちゃんにそこまで好きになってもらえるほどの人なのか確かめたいのと――」

「……は？　先輩を値踏み？　なにを言ってるんですかあなたは？」

「ちょっ⁉　ガチギレな雰囲気にならないでよ！　上からな意味じゃないんだからさ！　ほ、ほら、その人は将来的にお姉ちゃんと結婚するかもしれないわけじゃん？　だったらわたしのお義兄《にい》ちゃんになるわけで、どんな人なのか気になるし――」

「け、けけけ結婚⁉　わた、私が先輩と⁉　そ、それはつまり、私が先輩の妻になって先輩が私の夫になって、子供は三人くらいほしくて理想としては女の子二人の男の子一人で温かい家庭を築くというあの結婚⁉」

「ああもう、ちょっとした例え話で妄想を膨らませないでよ！　どんだけ願望ダダ漏れなわけ⁉　そうじゃなくて、つまりはわたしとしてもお姉ちゃんの恋を応援したいの！　だから如月《きさらぎ》さんに会ってみたいってこと！」

「え？　し、雫が私と先輩のことを応援、ですか？」

そーゆーこと、と頷《うなず》く雫に、私は大きく目を見開きます。

それは……、実はとてもうれしい申し出でした。

というのも、雫は私よりもずっと恋愛に対して詳しかったからです。

雫はまだ小学生ですけど、妙に大人びていておませな子です。恋愛ドラマとか少女マンガとかの知識も豊富で、実は私はいろいろ教えてもらう側だったりします。

私自身は先輩と出会うまで恋愛に関する知識も興味もゼロだったので、年上としては情けない話ですけど、雫のアドバイスにこれまで大いに助けられてきたものです。

そんな雫が応援ということは、それはつまり――

「これからはお姉ちゃんと先輩が恋人同士になれるよう、わたしが全面的にサポートしようってわけよ」

「雫……！　あなた、なんていい子なんですか！」

「な、泣かないでよね！　まあお姉ちゃんがガチ恋してるってのはもう嫌というほどわかったし、……それにこのままずっと妄想込みのノロケを聞かされるのはキツイし……」

……後半、小声になってますけどしっかり聞こえてますからね？

「とにかく！　そういうわけだから如月さんに直接会って確かめてみたいの。本当にお姉ちゃんを幸せにしてくれる人かどうかってね」

「……もし、あなたがそうじゃないと感じたらどうなるんです？」

「もちろんお姉ちゃんに協力しないし、お付き合い自体にも反対する」

「ええ⁉　あ、あなたは私の恋路を邪魔するのですか……！」

「ぎゃ、逆だよ逆！　応援したいから言ってんの！　わたしだってお姉ちゃんに幸せになってほしいんだよ！」

「雫、あなた……」

「あ、で、でも言っとくけど、協力するにしてもアドバイザー料はタダじゃないからね？　報酬はちゃんと支払ってもらうから！」

「……くっ、仕方ありません。先輩と、こ、こここ、恋人同士になるためなら、全財産をはたいても私は惜しくありませんから……！」

「……うん、やっぱ不安になってきたよお姉ちゃん。そんだけ好きなのに、女子マネって役がないとロクに話もできないんだよね……」

妹に憐《あわ》れみの視線を送られる私。事実なので反論できません……。

「じゃあそういうことだから、如月さんと会えるようセッティングしてよね」

雫にそう言われ、私は不安になりながらも頷くしかありませんでした。

そうして次の日の居残り練習の時、私は妹にバスケットボールを教えてほしいという口実で先輩にお願いしたのです。

雫はちゃんと先輩を認めてくれるのか。もし認められなかったらどうなるのか——そんな事を考えながら……。

「おおー、カッコイイ！」

「これなんか魅せ技ってだけじゃなく、いいフェイントにもなるよ」

ハッと我に返ると、雫が目を輝かせて先輩を見つめていました。どうやら何か技を見せてもらっていたようです。……うう、物思いにふけっていて見逃してしまいました。

「如月さんって本当にバスケ上手なんですねー」

「まあずっとやってるから、多少は慣れてるってだけかな」

けれど、なにはともあれ雫の先輩への印象はいい感じのようでした。

……まあ先輩みたいな素敵な人から悪印象なんて受けるはずはないんですけどね。少し心配しすぎていたかもしれません。

私は不安が杞憂《きゆう》だったことに胸をなで下ろしながら、雫と先輩のやり取りを眺めていました。しかし次の瞬間、雫の口から出た言葉に息が止まるかと思いました。

「うーん、如月さんって本当にレギュラーじゃないんですか？　そんなに上手なのに」

「し、雫!?」

……な、なに言ってるんですかこの子は！

私は大いに焦《あせ》りますが、当の雫は何気ない質問をしたというだけの感じで、それを聞いた先輩も苦笑しながら平然と答えます。

「ああ、残念ながら技術じゃどうしようもないこともあるからね」

「どうしようもないこと？」

「身長だよ。バスケじゃ体格の差はかなりのハンデになるんだ」

「そーなんですか？　でも如月さんくらい上手ならいけますって！」

「うん、俺もそう思って諦めてないよ」

こっちがハラハラしている一方で、先輩と雫は普通に会話をしています。

雫は本当になんの悪意もなく、ただよくわかっていなかったため純粋に疑問を口にしただけのようでした。

そして先輩もそれがよくわかっているらしく、にこやかに答えを返していました。

……ああ、先輩はやっぱり人格も素晴らしい人です——って、感心している場合じゃなかったですね……。いくら悪意がないとはいえあんな質問をするなんて、雫にはそれとなく注意しないと……。

「じゃあそろそろ本格的に練習しようか。雫ちゃんの実力も見たいから、まずは1on1をやってみよう。雫ちゃんがオフェンス固定で」

「はーい。本気で抜いちゃいますからね！」

「さすがにそう簡単に抜けられたら立つ瀬がないから、俺もがんばるよ」

しかし私のそんな心配とは裏腹に、雫と先輩は和やかな雰囲気で練習を始めます。

雫は一生懸命先輩のディフェンスを突破しようとしていますが、さすがに実力が違うのでそう簡単にはいきません。でも雫はとても楽しそうで、先輩もそんな雫を優しい目で見つめています。

……はう、先輩の温かい表情を見ていると、それだけで幸せになっちゃいます……。

先輩は小さい子にも優しいんですね。子供が好きなのでしょうか？　だとしたら、きっと先輩と築く家庭は幸せ一杯になるんでしょうね――って、もう、なにを考えてるんですか私は。そんなのまだ早いですって。えへへ……。

それにしても、雫と先輩はもうすっかり打ち解けた感じです。あれなら間違いなく雫は先輩を認めて私に協力してくれるでしょう。

……でも、それはいいんですけど、なんかちょっとズルいです……。

私はマネージャーっていう立場じゃないと、恥ずかしくて恐れ多くて、先輩とはまともにおしゃべりすることもできないのに、雫は出会ってすぐに先輩とあんなに仲良しになるなんて……、羨ましすぎます。

もちろんそれは私が情けないせいで、雫に嫉妬するなんてお門違いだってわかっているんですけど、それでもあんなに仲良さそうに練習してるのを見ると羨ましいという感情が抑えられません。

……というか、なんだかあの二人、すごく相性よくないですか……？　き、気のせいですよね？　雫はまだ小学生だし……。

「如月さんってさー、兄弟とかはいるの？」

「ううん、俺は一人っ子だよ」

「そうなんだ。家では一人で何してるの？」

「バスケの練習したり、試合の動画を見たり……」

「本当にバスケ好きなんだね。他の趣味とかないの？」

「うん、バスケバカなんだよ俺。それ以外となると、普通に勉強くらいかな」

「うわー真面目くんじゃん」

私がそんなことを考えている間も、二人は練習を続けながらそんな会話を交わします。

気づいたらいつの間にか雫は敬語ではなくなっていて、ますます打ち解けた感じになっていて驚きました。いえ、いいことなんですけど……。

「そういえば如月さんってカノジョとかいるの？」

「なっ……⁉」

そんな折、いきなり雫《しずく》が何気ない感じでトンデモナイ質問を投げかけたので、私は一瞬呼吸が止まりそうになりました。な、なにを訊《き》いてるんですかあの子は……！

「いや、いないよそんなの」

「えー、そうなの？　じゃあいたことは？　元カノとかどうなの？」

「いないいない。そういう経験はゼロだから俺。胸張って言うことでもないけど」

「そうなんだ。興味とかないの？　カノジョはいらない？」

「そりゃ、いらないとは言わないけど……。でも今はバスケのことでそれどころじゃないって感じだから。それに、そもそもほしいと思ってできるものでもないしね」

「えー、如月さんなら作ろうと思えばすぐできるよ、学校でモテたりするでしょ？」

「残念ながら、そんなことは全然ないな」

そう言って苦笑する先輩。二人は普通に会話しているだけという感じですが、私はその内容に気が気ではありませんでした。

きわどい質問を繰り返す雫に、私はハラハラが止まりません。

雫としては純粋に先輩の人となりを知ろうとしているだけなのでしょうけど、質問の内容がクリティカルすぎて心臓に悪いです。

「意外だなー。如月さんならモテそうだって思ったんだけど」

「はは、ありがとう。お世辞でもうれしいよ」

「違うよ。わたしは本気で言ってるよ？　だって如月《きさらぎ》さんってすごくいい人じゃん。きっと如月さんのこと好きな女の子がどこかにいるよ。……ううん、意外とすごく近くにいるかもしれないよ？　ね、お姉ちゃん？」

しかも雫がいきなりこちらを振り向いてそんなこと言ってきたので、私は心臓が飛び出しそうになりました。

「な、ななな、なに言ってるんですか雫！」

「きゃっ⁉」

先輩に私の気持ちがバレたらどうしようと焦った私は、思わず大声で注意します。

しかしそのせいで雫は驚いた様子でバランスを崩してしまいました。ちょうどボールを構えていたところだったので、変な姿勢のままこけそうになりますが、

「おっと、大丈夫か？」

素早く先輩が支えてくれたので、なんとか倒れずに済んだようでした。

「あ、うん、大丈夫だよ。ありがと――イタッ」

けれど立ち上がろうとした時、雫が足首を押さえながらわずかに顔をしかめます。

「動かないで。足首を挫《くじ》いたっぽい」

「そうかも……。でもそんなに痛くはないよ。動ける動ける」

「ダメだよ。俺もつい最近捻挫したんだけど、軽くても安静にしとかないと」

「えー、こんなの大したことないよ」

「今は大したことなくても後に響くかもしれないだろ。とりあえず練習は中止して、どこかで休もう。姫咲さん、手伝ってくれる？」

「あ、は、はい。では向こうにベンチがありますから、そこへ」

先輩にそう言われ、私は我に返って雫の方へと駆け寄ります。そして先輩と二人で雫を支えながら、ベンチの方へと移動するのでした。

「こんなの大げさだよー」

「自分の不注意で怪我《けが》をしたのに、なにを他人事《ひとごと》みたいに言ってるんですか」

「あれはお姉ちゃんが急に大きな声出すからでしょ。ビックリしちゃったんだから」

「あなたが急に変なことを言い出したからでしょう⁉」

「ひ、姫咲さん落ち着いて。とにかく雫ちゃんを座らせて足の具合を見よう」

……うう、さっきから先輩に変なところばかり見られてるような気がします……。

私が内心で落ち込む一方、先輩は気にした様子もなく、冷静に雫の足の様子を見ます。

私も目をやると、少し赤くなってはいますが腫れているというわけでもなく、大した捻挫ではないということがわかってホッとします。

「うん、軽い感じでよかったよ。これならすぐよくなるかな」

「ね？　だからそう言ったじゃん」

「でももう今日は練習はできないぞ。明日まで絶対安静だ」

先輩はそう言うと、持参していたバッグから救急箱を取り出して、雫の足に丁寧にテーピングしていきます。

「す、すいません先輩、そんなことまで」

「いいよ。練習中のこういうことは慣れてるから」

「へー、如月さんっていつもこういうの用意してるの？」

「もちろん。手当てが遅れて怪我が長引いたら、それだけバスケをやる時間も減っちゃうからね。……っと、はい、これでよし」

テーピングを終え救急箱をバッグにしまう先輩。

雫はそんな先輩を眺めながら、何気ない感じで口を開きます。

「如月さんって本当にバスケが好きなんだね」

「ああ、好きだよ」

「でもさ、バスケって身長が大事だってさっき言ってたけど、それだと如月さんは不利なんでしょ？　そのせいでレギュラーじゃないって言ってたし。それなのになんで、如月さんはバスケを続けてるの？」

それは純粋な質問でした。しかし、あまりにも純粋すぎました。

「し、雫！　先輩に謝りなさい！　自分がどれだけ失礼なことを言っているか、わかっているんですか⁉」

さすがに見過ごせなくて、私は本気で声を荒らげます。

先輩が身長のことでどれだけ苦労しているか、どれだけ理不尽な想《おも》いをしているか。

それをずっと見てきた私には、その発言は自分の妹のものとはいえ決して許せないものだったのです。

「姫咲さん、落ち着いて。雫ちゃんを叱《しか》らないであげて」

けれどそんな私を、当の先輩がやんわりとなだめます。

「で、でも先輩……！」

「いいんだ。雫ちゃんの疑問はもっともなんだよ。だってそれって、自分自身でもこれまでずっと考え続けてきたことだからさ」

どこか寂しそうな笑みを浮かべる先輩。

その表情に、私はなんだか胸を締め付けられて、口を閉じるしかありませんでした。

先輩はベンチに腰掛けて、しばらくの間何かを考えるかのように押し黙りました。

けれどやがて、どこか遠くを見るような目でゆっくりと語り始めました。

「俺が体格的に不利なのにそれでもバスケを続けてる理由は、もちろんバスケが好きだからだよ。それは間違いない。……とはいえ、それだけじゃ続いてなかったとは正直思う。好きだってだけで乗り越えられるほど低い壁じゃないからね。趣味で続けるだけならともかく、部活に入って本格的にやるには、それだけじゃ厳しいよ、やっぱり」

それは、私も初めて聞く話でした。

先輩が圧倒的ハンデを負いながらもバスケットボールを続ける理由——バスケが好きだからという以外に、一体何が先輩をそうさせているのか……？

「ただ、俺がバスケを続けてる理由はもう一つあってさ——といっても大した理由じゃなくて、もうほとんど意地みたいなもんなんだけど——どうしてもかなえたい目標ってのがあるんだよ」

「目標、ですか……？」

「うん。その目標ってのは、全国大会に出場することなんだ」

「それって憧れの舞台だからってこと？」

雫の質問に、先輩は「それもあるけど……」と続けます。

「実は幼馴染《おさななじみ》と約束してるんだよ。みんなで必ずバスケで全国大会に出ようって。もうずっと昔の話なんだけど」

「幼馴染って……、早乙女さんと鹿島さんのことですか？」

「そう。俺と啓介《けいすけ》と千尋《ちひろ》の三人で交わした約束だ」

……知りませんでした。先輩とあのお二人で、そんな約束をしてたなんて……。

「とはいえさ、別にその約束が果たされなかったらどうだとか、そういうのは別にないんだよ。単なる子供の口約束で、ひょっとしたら啓介と千尋は約束自体もう覚えてないかもしれない。そんな程度のものなんだ」

「えー、なにそれ？　それなのに如月さんはその約束を守ろうとしてるの？　なんで？」

「言っただろ？　ほとんど意地みたいなものなんだって。幼馴染とした約束を絶対に守りたいっていう、俺の勝手な意地なんだ。自分でもバカだと思うけど……、でもそういう性格なんだよ。つまり平たく言うと、俺がバカだからバスケを続けてるってことかな」

先輩はそう言って笑いますが、私は笑うことなどできませんでした。

むしろ、大した意味がないという約束を守り続けようとする先輩の純粋さと、それを支えにがんばり続ける強さに、私は改めて先輩に対する尊敬の念を深めました。

もちろん『幼馴染との約束』という私の立ち入れない部分に根差していることへの寂し

さや不安も少しはありました。それでも私は先輩を支え、先輩の目標をかなえるお手伝いをこれからもしていきたいと強く思うのでした。

「……へー」

先輩の話を聞いて、雫はしばらく黙っていましたが、やがて大きく目を見開きながら口を開きました。その顔はどこかうれしそうで、目はキラキラと輝いていました。

「すごいなー。うん、如月さんすごいよ！　その幼馴染の人との約束を守ろうと思って、辛《つら》いのにがんばってるってことでしょ⁉　すごいすごい！」

「いや、だから、そんな連呼されるほどじゃないって話で……」

「ううん、そんなことないよ！　わたし、そういうのすごくカッコイイと思う！　如月さんはとってもカッコイイ人だよ！」

カッコイイと何度も言われて先輩は苦笑していますが、雫は本当に感心した様子で先輩のことを褒めていました。ちなみに私も完全に同感です。

……どうやら、雫は完全に先輩のことを認めてくれたみたいです。よかった。

でもまあ当然ですよね。先輩は本当に素敵な人ですから、私の妹である雫が気に入らないはずがないじゃないですか。うんうん。

「よかったー、お姉ちゃんの目は確かだったみたいだね。よーし、こうなったらわたし、全面的に応援しちゃうからね、お姉ちゃん！」

ですが次の瞬間、雫《しずく》がそんな発言をしたので私は思わず咳《せ》き込みそうになります。

……せ、先輩の目の前でなんてことを……！

「あ、ヤバっ！　え、えっと、わたし何か飲み物買ってくるねー！」

睨《にら》む私を見て自分の失言に気がついたのか、雫は慌てた様子で立ち上がると、挫いていない方の足だけ使って器用に自販機の方に逃げていきました。

「姫咲さんの目が確かって、どういうこと？」

キョトンとした顔の先輩に、私はギクッと身体《からだ》を強張《こわば》らせます。

「い、いえ、それはですね⁉　……その、あの……！　そ、そうです！　雫の練習相手に先輩を選んだ目が確かという意味で、応援というのも先輩の目標に対するエールというわけなんです！　はい！」

「ああ、なるほど。それならよかったよ。相手が姫咲さんの妹さんだからちゃんとしないとって思ってたから」

……ふ、ふぅ。どうやら上手《うま》くやりすごせたようです。よかった……。

純真な先輩を騙《だま》してしまったことは心苦しいですが、ここで私の気持ちがバレようものなら私は死んでしまいます。比喩表現ではなく、恥ずかしさで悶絶《もんぜつ》して。

「それにしても俺の応援までしてくれるなんて、雫ちゃんって本当にいい子だね」

先輩の雫に対する印象も良好なようで、私は胸をなで下ろします。

……とはいえ、ちょっと良好すぎるような気がしないでもないです。雫も先輩とすぐに仲良くなってしまいましたし。むぅ……。

「お待たせー」

そんなことを考えていると、背後から雫の声が聞こえてきました。

どうやら飲み物を買って戻ってきたようですが、私が振り向く前に「あっ」という声が聞こえてきて、間もなく私の背中にドンッと衝撃が走ります。

どうやら雫がこけてぶつかってきたようですが、そんなことを冷静に分析している余裕はありませんでした。なぜならその衝撃で、私もまたバランスを崩していたからです。

前のめりに倒れそうになり、その先には先輩の驚いたような顔。

けれど先輩はすぐさま私を支えようと手を伸ばすのですが――

ムニュンッ！

次の瞬間、そんな何とも言えない感触が伝わってきました。

どこから？

私の胸から。

「「あ……っ」」

二人の声が綺麗《きれい》に重なり、先輩は大きく目を見開きます。

先輩のおかげで私は倒れ込むことはなかったのですが、私を支えようと伸ばした先輩の手はものの見事に私の胸を鷲摑《わしづか》みにしていました。

……先輩の指が私の胸に沈み込み、私の胸は先輩の手の形になって……？

「ご、ごめん！」

「ごめんなさい！」

間もなく私達は弾《はじ》かれたように、お互い身を引きます。ドキドキと心臓が爆発しそうなほどうるさくて、私は本当に気絶するのではないかと思いました。

……せ、先輩に触られた……!? いえ、触ってもらえた……!?

って、違うでしょ!? なんですか触ってもらえたって！ あうううぅ……っ！

「ほ、ほんとにごめん姫咲さん！ 俺、そんなつもりじゃなくて……！」

「わ、わかってます！ 私の方こそすみません……！」

私達はお互い真っ赤になりながら謝罪し合います。

単なる事故だということはわかっていたのですが、あまりにも恥ずかしすぎてとても冷静になれません。頭の中は混乱してとても収拾がつかない状態でした。

「あちゃー、ごめん……」

そんな中、元凶である雫が申しわけなさそうな顔で私達の間に立ちました。

真っ赤になっている私と先輩を見て、なんとかフォローしようと思っているのか、キョロキョロしながら何か言葉を探しているようでした。

「あ、で、でもあれじゃない？　お姉ちゃんの巨乳に触っても暴走しないってことは、つまりおっぱい目当てってわけじゃないってことだから、やっぱり如月《きさらぎ》さんはセージツでいい人なんだよ。よかったね、お姉ちゃん！」

そして出てきたのがこの発言。

先輩はさらに顔を赤くして目を逸《そ》らし、私は頭が爆発するんじゃないかと思うくらい熱くなりながら、こう絶叫するのでした。

「なんのフォローにもなっていないじゃないですか――――っ‼」

★

「先輩、今日はわざわざすいませんでした。その、いろいろと……」

「ううん、バスケを教えるなんて実はちょっと緊張してたんだけど、実際してみたらすごく楽しかったし、いい経験にもなったよ」

私がお礼を言うと、隣で歩いていた先輩は笑顔でそう答えます。

あの後、結局もう練習はできないということで、今日は帰ることになりました。

今は先輩に送ってもらいながら、私達の家へと向かっているところです。

「ほんと？　じゃあまた練習に付き合ってくれる？」

「ああ、いつでもどうぞ」

先輩の背中におぶさっていた雫は「やった！」と言って、さらに強く先輩に抱きつきます。そう、雫は今先輩におんぶしてもらっているのでした。

捻挫は大したことなかったのですが、念のためということで先輩がおぶっていくと言ってくれたのです。

雫はそれを聞いて大喜び。

普段は子供扱いされるのを嫌がるくせに、先輩にすっかり懐《なつ》いてしまったようです。

私は家に到着するまでの間、先輩が雫と楽しそうにお話ししているのを聞いていました。

その姿は、まるで本当の兄妹《きょうだい》のようにも見えました。

「じゃあまた学校で。雫ちゃんもバイバイ」

「うん、またねー！」

玄関先まで送り届けてもらった後、先輩はそれだけ言って去って行きました。

雫は先輩の姿が見えなくなるまでいつまでも手を振っていました。いつもはませた感じの雫がここまで無邪気になるなんて、それだけ先輩のことが気に入ったのでしょうか。

「ふー、楽しかったー。如月さん、めっちゃいい人だったね。あんな人に助けてもらったっていうなら、お姉ちゃんが好きになるのもわかるなー」

やがて雫は満足そうな顔で、私の方を振り返りました。

「うん、決定！　相手の男の人が合格だったから、約束通りお姉ちゃんの恋、わたしが応援してあげるよ！　あ、もちろんタダじゃないけどね」

ニシシといたずらっぽい笑みを浮かべる雫でしたが、私は無言。

そんな私を見て、雫は訝《いぶか》しそうに首を傾《かし》げます。

「どしたのお姉ちゃん？　……あ、もしかして、まださっきのこと怒ってるの？　だったらごめんってさー、もう何度も謝ったじゃん。あれは事故だったわけだし、それに如月さん、お姉ちゃんのその最強おっぱいに触っても全然エッチな感じにならなかったじゃん？むしろすっごい照れててさ、お姉ちゃんのおっぱい目当てでよくしてくれてるわけじゃないってのがわかったんだから、そこはよかったでしょ？」

「……玄関先でおっぱいおっぱい連呼しないでください」

「あ、反応した。……もう、じゃあなんでお姉ちゃん、不機嫌そうに黙ったままなの？

わたし、なんか悪いことした？」

雫にそう問い詰められ、私は気まずくなり目を逸らします。

「もう、なんで怒ってんのよ。お姉ちゃんってば」

「……そ、それは」

ですがやがて耐え切れず、私はポツリポツリと本音を吐露します。

「………雫がすぐに先輩と仲良くなって、しかも帰りはおんぶまでしてもらって……」

「は？」

「わ、私だってそんなことしてもらったことないのに……。むしろマネージャーって立場じゃないとまともに話もできないのに、雫は最初から打ち解けてて……」

「……え？　なに？　じゃあまさかお姉ちゃん、わたしが如月さんと仲良くしてたのにヤキモチ焼いてたの……？」

その言葉にコクリと頷《うなず》く私。

すると雫はしばらく固まった後「はあああぁ……」と大げさなくらい大きなため息を吐《つ》くのでした。

「……ったく、なにそれ!?　いくら好きな人だからって、妹が仲良くしてたくらいでそんな拗《す》ねるくらい嫉妬する!?」

「す、好きな人じゃないです。大好きな人です！」

「そういう問題じゃないでしょ⁉　だいたいまともに話せないのはお姉ちゃんのコミュ力のせいだし、おんぶしてもらったのだって足を怪我《けが》してたからってだけじゃん！　むしろお姉ちゃんは如月さんにおっぱいを触ってもらえたんだから、おんぶくらいでギャーギャー言うなっつーの！」

「さ、触ってもらえたってなんですか！　誤解を招く表現をしないでください！」

私の反論に、雫はまたため息を吐いて呆《あき》れたような視線をこちらに向けます。

「……な、なんですかその可哀想《かわいそう》なものを見るような目は！

「……いやもう、ほんとすごいね。あのお姉ちゃんがここまでポンコツになるなんて。恋ってすごいわマジで。少女マンガ以上だわ……」

「ぽ、ポンコツ……」

「でもまあ、いいよ。そんなポンコツなお姉ちゃんを応援するって決めたから」

「ちょ、ちょっと、姉相手に何度もポンコツポンコツって。しまいには怒りますよ」

「じゃあいいの？　わたしのアドバイスはいらない？　一人でがんばる？」

「…………………アドバイス、ほしいです……！」

姉としての威厳は一瞬で崩れ去り、私は雫に懇願します。

高校生が小学生に恋の手ほどきを受ける――……うう、笑いたければ笑えばいいです！　先輩との恋がかなうなら、私はなんだってする覚悟なんですから！

「ふふーん、よろしい。実はもういろいろアイデアを思いついちゃってるんだよねー。如月さん攻略作戦、聞きたい？」

「き、聞きたいです！　是非教えてください！」

「ＯＫＯＫ。……とその前にー、なんだかわたし、今とってもお姉ちゃんの手作りプリンが食べたい気分なんだよねー」

「いいですよ！　それくらいいくらでも作ります！　どれだけ食べたいですか⁉　なんならバケツとか――いえ、湯船一杯にだって作りますよ！」

「や、ヤベー……、ついでにいろいろお願いしようと思ってたけど、ほどほどにしとかないとこっちが危ない……。あの、お姉ちゃん？　普通の量でいいからね？」

「任せておいてください！」

こうして私は雫《しずく》の協力を取り付けることに成功しました。

雫からいろいろな作戦を伝授してもらい、絶対に先輩との恋を成就《じょうじゅ》させてみせる――

私はその一心で、とりあえず今は材料が枯渇《こかつ》するまでプリンを作り続けようと決意するのでした。

第五章　買い出しデートと体育倉庫

「あ、あの先輩、ちょっとよろしいですか……？」

ある日、いつものように部活後の居残り練習をしていた時のことだった。

姫咲さんがなにやらモジモジしながら話しかけてきた。頬がほんのり赤く、チラチラとこちらを窺《うかが》うように視線を向けたり逸らしたりしている。

「どうしたの姫咲さん。何かあった？」

「い、いえ、そういうわけではないのですが……、あの……」

どうにも歯切れが悪い。いつも毅然《きぜん》としている姫咲さんにしては妙な感じだったので、俺はどうしたんだろうと首を傾げた。

「で、ですから、その……」

よく見ると、姫咲さんが両手を後ろの方に回しており、背中に何かを隠しているような姿勢にも見えた。何か俺に見せたいものでもあるのだろうか？

「せ、先輩は、あの……、新浪アリーナで、今、その……、バスケットボールの試合が行われてるのは、ご存じですか……？」

「それはもちろん、知ってるけど」

急にそんな話題が出てきて、俺はキョトンとしながらも頷いた。

新浪アリーナというのは近年臨海部の開発の一環でできた新しい体育館で、ちょうど今そこでバスケの国内プロリーグの試合をやっているのだ。俺も生配信で見てるけど、特にこの前の美園《みその》ラビッツと高円寺バイソンズの試合は熱かった。

「でも、それがどうかしたの？」

「……い、いえ、深い意味はないんですが……。せ、先輩は、もし観《み》に行けるとしたら、そこで試合を観たいとか、思いますか……？」

「え？　そりゃ生で観られるものならいくらでも観たいよ。配信じゃ味わえない臨場感があるし、カメラに映ってない選手の様子とかもよく観えるしさ」

できることなら生で試合を観まくりたいけど、もちろんチケットはタダじゃないから高校生には厳しい話だ。俺はバイトもしてないから、そんな機会はほとんどないし。

「そ、そうですか……」

姫咲さんはそれを聞いて、どこか安心したような表情を見せる。

でも、なんだってそんなことを訊《き》くんだ？　話の意図がわからず、俺はちょっと困惑しながらも、続く言葉を待つしかなかった。

「…………っ！」

やがて姫咲さんは大きく息を吸って、何かを決意したような顔でキッと俺の方を見据えた。その迫力でちょっと後ずさる俺。

「先輩！　わ、私と…………！　買い出しに付き合っていただけないでしょうか⁉」

「へ？　買い出し？」

だけど、続いて出てきた言葉に、俺は拍子抜けする。

同時に、姫咲さんは後ろ手に持っていた何かを素早く制服のポケットに隠したような、そんな謎の動きを見せた。

「そ、そうです。実は私、三橋《みつはし》先生から備品の買い出しを頼まれていまして。部員の皆さんがトレーニングに使う器具とか新しいユニフォームなどなのですけど」

「あ、そうなんだ。そう言えばそんな話してたような」

「え、ええ。でも一人だと大変だろうから誰かに手伝ってもらうよう言われていて、それでできれば先輩にお手伝いしてもらえればと」

「そういうことならもちろん手伝うよ。俺達が使うものだしね」

姫咲さんからの協力依頼、俺はすぐさま承諾した。断る理由なんてなかった。

「あ、ありがとうございます！　でもすみません、雑用のお手伝いなんかを……」

姫咲さんは恐縮しているけど、全然そんな必要はなかった。

むしろ頼ってくれたことがちょっとうれしかったくらいだ。

姫咲さんにすれば単に俺が頼みやすい相手だったからってだけかもしれないけど、それでも姫咲さんの力になれることがうれしかったので、全然かまわない。

「……あれ？　じゃあさっきの、新浪アリーナでの試合って話は一体何だったの？」

けれどふと、なんとなく会話の流れがおかしいような気がして、俺は疑問を口にする。

するとなぜか姫咲さんは目を泳がせて、

「い、いえ⁉　それはその……！　そ、そう、会話の枕というアレです！」

「会話の枕……？　その割には全然関係ない話だったような……」

「ふ、深く考えないでください。ちょっとした世間話というやつで、別に全然、これっぽっちも！　別に意図なんてありませんから！」

そんな、よくわからないことを力説する。

そして、なぜかズーンと肩を落とす姫咲さん。

「……うう、せっかく雫に立ててもらった作戦なのに、どうして私は……！」

「雫ちゃん？　作戦って？」

「な、なななんでもありません！　と、とにかく、買い出しに付き合っていただいてもいいでしょうか⁉」

改めて勢いよくそう念押しされて、俺はもちろんコクコクと頷く。

姫咲さんはホッとしたような、でもどこか残念そうな顔をしてため息を吐いていたけれど、俺にはその表情の意味がやはりよくわからなかった。

▼

次の休日の昼下がり。

俺は約束通り、姫咲さんの買い出しに付き合うべく街に出ていた。

向かう先は駅の近くにあるショッピングモールだけど、姫咲さんとは公園で待ち合わせをしていた。この前雫ちゃんと練習をした、あの公園だ。

「あ、先輩。すいません、私からお願いしたのに後から来て……」

俺が待ち合わせ場所に到着すると、間もなく姫咲さんもやって来た。

姫咲さんと待ち合わせをしてるという事実を今更ながらに意識して、なんだか急に恥ずかしくなってくる。でもこれは単なる買い出しの手伝いだと自分に言い聞かせて、すぐに気持ちを切り替えた。姫咲さん相手に変なことを考えるのは、なんだかものすごく悪いことをしている気分になる。

「大丈夫だよ。俺も今来たとこだし、それにまだ待ち合わせ時間前だし」

「こちらからお願いしたのに先輩をお待たせしては申し訳ないですから」

その答えに、やっぱり真面目だなぁと苦笑する。それにつられてか、姫咲さんもクスリと笑った。

この前はなぜか残念そうな顔をしていた姫咲さんだけど、今日はそんな様子はまるでなく、むしろどことなく楽しそうな感じだった。

……よくわからないけど、姫咲さんが笑ってると俺もうれしいな。

「では行きましょうか。行くお店は既に決まっています」

姫咲さんに先導される形で、俺達はそのままショッピングモールへと向かった。

到着して中に入ると、休日だからか結構な人で賑《にぎ》わっていた。

カップルらしい男女も多くいて、そんな中で俺と姫咲さんはどういう風に見えてるんだろうと一瞬考えたけど、すぐに頭を振ってそんな考えを追い出す。

「まずはここで備品を揃《そろ》えます」

そうこうしているうちに、目的の店に着いたらしい。

見ると大きめのスポーツ用品店で、この前言っていたトレーニング器具なんかを調達するのだろう。俺自身も使うことになるだろうから、なんだかワクワクしてきた。

「それで、具体的には何を買うの？」

「ダンベルなどの筋力トレーニングに使うものが主ですね。もちろん重いものは持ち帰れないので後で届けていただきます。その他の運べるものは、この後私達で学校の倉庫に運んでしまいましょう」

今日は三橋先生が学校に出ていて、体育倉庫を開けてくれているらしい。

そういうことなら遅くならないよう、さっさと目的のものを買っていくとしよう。

俺達は事前に姫咲さんが用意したメモを見ながら必要なものをどんどん購入していく。

重量物の配送について、姫咲さんがお店の人とやり取りしている間、俺は個人的に店の中を見て回ることにした。

この店は初めて来たけどなかなか品揃《しなぞろ》えがよくて、個人的に使う用に何かいいものはないかと探していると、手続きを終えた姫咲さんが小走りにこっちにやって来た。

「先輩、まだなにかお探しですか？　もしかして購入漏れでも？」

「あ、いや、そうじゃないんだ。自分用に使えそうなものがないかなーってブラブラ見てただけだから」

俺は軽くそう返したのだが、なぜか姫咲さんはそれを聞いてキラリと目を光らせた。

「そういうことなら私にお任せください！」

「え？　ど、どうしたの急に？」

「実はトレーニングについていろいろと個人的に研究しているんです。もちろんトレーニング機具についても、どういったものが効果的なのか日々調べています」

「そうなんだ、すごいな。そりゃ部のみんなもきっと喜ぶよ」

「ええ、先輩の――い、いえ！　少しでも部の力になれればと思いまして！」

さすが姫咲さん。そこまで考えてくれるマネージャーなんてなかなかいないと思う。

「なので先輩、是非私の意見を聞いてください。私のおすすめとしては、これなんかがいいと思います」

そう言って姫咲さんが向かった先にあったのは、椅子くらいの大きさの球体――いわゆるバランスボールというやつだった。

「バランスボールは椅子の代わりに座るだけでもインナーマッスルが鍛えられますし、その名の通りバランス――つまり体幹を鍛えるのにも効果的です。さらにストレッチにも使えますし、かなり便利だそうです」

「なるほど、確かにどれもスポーツをやるにおいては大切だ。でもこれって具体的にどう使うのかよくわからないんだよな」

「大丈夫です。それも調べてあります。ちょっと私が実践してみますから、先輩は見ていてください」

姫咲さんはそう言うと、体験コーナーのところにあったバランスボールを手に取って普通に腰かけてみせた。

「こうやって、勉強する時に普通に座っているだけでも効果はありますし、こんな風にすると体幹も鍛えられます」

今度は膝でボールを挟み込み、両手を真横に伸ばしたままの姿勢でピタッと静止する姫咲さん。その見事なバランスに、俺は感嘆の声を上げる。

「姫咲さんって運動神経もよかったんだ……。なのにどうしてマネージャーに？　普通に女子バスケ部にも入れたんじゃ」

「そ、それは、バスケをするよりもマネージングの方に興味があったので……。それよりもほら、こうやったら背筋なども鍛えられますよ」

姫咲さんはうつぶせの体勢でボールに上半身を乗せ、そのまま背を反らしていく。

なるほど、そういう姿勢で筋トレやストレッチもできるわけか——

「……っ!?」

だがその時、俺はあることに気づいてハッと口を噤《つぐ》んだ。

「どうかしましたか先輩？」

そんな俺を見て姫咲さんは不思議そうな顔をするが、俺は何も答えない。

ってか、答えられなかった。なぜなら──

ムニュンムニュン。

バランスボールがたわむ動きと同期するように、その上に乗っている二つのボールもまた思いっきりたわんでいるのが見えたからだ。

……その、つまり、姫咲さんの胸元にある大きなアレが……！

「あれ先輩？　どうしてむこうを向いているんですか？」

姫咲さんの不思議そうな声が聞こえてくるが、俺は何も答えない。そっちの方を見ないようにと必死だったからだ。

けれど、目を逸《そ》らしてもさっきの光景は強烈に目に焼き付いていた。

さらにこの前事故で姫咲さんの──……その、胸を鷲摑《わしづか》みにしてしまったことまで思い出しそうになって、俺は慌てて首を振る。

……落ち着け。姫咲さんは、どうやら自分がどれだけセンシティブな体勢をとっているか気づいていないらしい。それはつまり、今なら姫咲さんのたわわを見放題なわけで──

って、なにをバカなことを考えてんだ俺は⁉

「ひ、姫咲さん！」

俺は意を決して振り返った。

姫咲さんはこちらを見て、さっきと同じポーズのままキョトンと首を傾《かし》げている。

その無邪気な表情とバランスボールに押しつぶされた胸の形の凶悪さが相まって、もうなんだかすさまじい威力になっているけど、俺はなんとか耐えながら口を開いた。

「えっと、その……、バランスボールの使い方はもう十分わかったから……、なんというか、そろそろやめてもらって……」

「え？ ……あ、も、もしかして退屈でしたか？ だとしたらすみません……！ 先輩のお役に立てると思って、つい張り切ってしまって……」

今度はそう言って、ショボンとした様子で肩を落とす姫咲さん。

そうするとさらに胸がボールに押しつぶされてすごいことに——って、詳細に描写してる場合じゃないだろ!? 姫咲さんに謝らせてバカか俺は……！

……うぐっ、ダメだ。オブラートに包んでる場合じゃない……！

このままだと誰かが来て姫咲さんのこの姿を目撃してしまうかもしれないし、姫咲さんに恥ずかしい思いをさせるなんて、そんなの絶対ダメだ！

「そ、そうじゃなくて！ ……姫咲さんのそのポーズが……！」

「だからその……。健全な男子には目の毒だから、やめた方がいいと思う……！」

「ポーズ？」

カッと顔を熱くしながら、俺はかろうじてそう伝えた。

姫咲さんは最初なんのことかわからないといった表情だったが、やがて視線を自分の胸元へと向けると、

「……っ‼」

すぐさま爆発してしまうんじゃないかと思えるくらい顔を赤くして、慌ててバランスボールから離れた。

「ご、ごごごごめんなさい⁉」

「い、いや、俺の方こそごめん⁉」

姫咲さんは胸を両腕で隠しながら今にも目を回しそうなほど混乱していた。

俺もつられて謝ると「わ、私が悪いんです！」「いや俺が！」と謎の言い合いが発生。

そもそも何に対して謝ってるのかもわからないまま、俺達二人は真っ赤になりながらお互いに謝罪し続けるのだった。

「…………み、店、出ようか」

「…………そ、そうですね」

その後も数分の間、わけのわからないやり取りを続けていた俺達だったが、やがて少し冷静さを取り戻して来ると、どちらともなく歩き出して店を後にした。

お互い顔は赤いままで無言。

さっきのことは、なんというか……、ちょっとしたハプニングで、お互いもう忘れてしまおうといった暗黙の了解が俺達の間を流れているように感じた。

……もっとも、あんな魅惑的──じゃない！　衝撃的な光景、そうそう忘れられるものじゃないよな。この前の公園での出来事もあわせて……。

俺はチラリと、横を歩いている姫咲さんの様子を窺《うかが》う。

姫咲さんは俯《うつむ》き気味になって、なにやら小声で呟《つぶや》いているようだった。

なんか「やっぱり」とか「雫《しずく》が言った通り」とか断片的に聞こえてくるけど、どういう意味なのかはまるでわからない。

「……せ、先輩」

そんなことを考えていると、姫咲さんがいきなり声をかけてきたので、俺はギクッと身体《からだ》を強張《こわば》らせる。

「さ、さっきのことなんですけど、すみませんでした。私、なんというか、先輩に使い方を知ってもらおうと夢中になってしまって……。や、やっぱり、その……、はしたなかったでしょうか……？」

「ごほっ⁉」

続いてそんな質問を投げかけられ、俺は思わずむせてしまう。

なんでそんなことを訊《き》くのか、姫咲さんの意図が全くわからない。

からかってるとかそういう様子はまるでなく、どこか不安そうなその表情に、俺は混乱しつつもなんとか答えるしかなかった。

「い、いやそんな、はしたないだなんて。むしろすごく魅力的だったというか……」

……って、なんだこの答え⁉　これじゃまるで俺がうれしかったみたいじゃないか！

い、いや、うれしくなかったかと言われたら、もちろんうれしかったんだけど……。

じゃなくて！　こんな変態っぽい答えを返したら絶対嫌われるだろ⁉　姫咲さんからムッツリ先輩とか思われたら、俺もう生きていけないんだけど⁉

「そ、そうですか……！」

俺は内心悶絶《もんぜつ》していたが、意外にも姫咲さんはただ一言そう返しただけだった。

怒ったり軽蔑してる感じはなく、なぜかホッとしているような……？

「あの、姫咲さん……？」

「あ、い、いえ、なんでもありません！　それよりも先輩、次はユニフォームを買いに行きましょう」

俺が声をかけると、姫咲さんはそう言ってまた歩き出した。

いつもの調子に戻っていてそれは安心したんだが、どことなく機嫌までよさそうに見えたのは俺の気のせいだろうか……。

とはいえ変な空気がそこで終わったのは助かった。俺もさっさと忘れようと思いながら姫咲さんについて行くと、間もなくとある店に到着した。

「ここです。ここは三橋《みつはし》先生のお知り合いの方が経営なさっているというお話で、いつもユニフォームなどをまとめて購入しているのだそうです」

そこは小さなアパレルショップのような感じの店だった。

だけど店内に入ると並んでいる服はスポーツ関連のものばかりで、こんな店もあったんだなと、俺は物珍しい気分で見回していた。

「では注文をしてきますので、先輩は少し待っていてくださいますか」

「わかった。そこら辺でぶらぶらしてるよ」

姫咲さんはそう言って、奥の方のカウンターへと向かって行った。

そこには女性の店員さんが一人いて、あの人が先生の知り合いなのかもしれない。

姫咲さんと店員さんが何やら話をし始めたので、俺は店内を見て回ろうと歩き出した。

そんなに大きな店ではなかったけど、なんというか、品揃《しなぞろ》えがすごい。

「運動着だけじゃなく、他にも色々あるんだな。水着にスキーウェア――ん？　これは相撲の廻《まわ》し……か？　確かに相撲もスポーツだけど、こんなものまで置いてあるもんなのかな……？　それにこの日曜の朝九時台のヒーローが着るようなボディスーツは一体……」

よく見ると、なにやら怪しげな服もチラチラと視界に入る。スポーツ用品店というには品揃えに変な偏りがあるような気がしないでもないけど……。

とりあえず見なかったことにしながら店内を一通り散策していく。

そうしてまた元の場所に戻ってきたのだが、カウンターのところには店員さんも姫咲さんもいなかった。

「あ、あの、先輩」

どこに行ったんだろうと思っていると、不意に後ろから姫咲さんの声が聞こえてきた。

「姫咲さん？　……あれ、なにしてるの？」

振り向くと、姫咲さんがカーテンの中から顔だけ出すような姿勢でこちらを見ていた。

どうやらそこは試着室らしかったけど、でもどうして姫咲さんがそんなところに？

「そ、それは……、先輩に見ていただきたいものがあって……」

……俺に見てもらいたいもの？

なんのことかわからず首を傾げていると、姫咲さんはカーテンを開けて出てきた。

そしてその姿を見て、俺の身体は硬直する。

「ど、どうでしょうか？　この格好は……」

なぜなら、姫咲さんがどういうわけかチアリーダーの姿をしていたからだ。

白地に青と黄色の模様が入った服は身体にピッタリとフィットして胸元のラインを強調しており、ミニスカートからは姫咲さんの細く健康的な脚が伸びている。手にはちゃんとポンポンまで持っていて、どう見ても完全にチアリーダーで間違いなかった。

……ってかこの店、チア衣装まで置いてるのか⁉

「あ、あの、変ではありませんか……？」

顔を赤くして恥ずかしそうにそう訊《たず》ねる姫咲さん。

変か変じゃないかと訊かれたら、大変だと答えるしかなかった。

だっていきなり姫咲さんがチアリーダー姿で出てきたんだ。すさまじい衝撃で脳内が直接揺さぶられてるみたいだった。目が釘付《くぎづ》けになって離せない。

「や、やっぱり似合ってないですか？　私が、こんな格好……」

「い、いや、すごく似合ってると思うけど……！」

不安そうに自分の姿を見ている姫咲さんに、俺は衝撃で回らなくなっていた舌をなんとか動かしてそう答える。

普段の清楚《せいそ》な感じとは真逆で、アクティブかつ開放的なその姿はとんでもない破壊力だった。しかも、もともとがややへそ出しルックな服装だったので、それが姫咲さんの胸に押し上げられる形でさらに強調されているからもうヤバい。ヤバすぎる。

語彙力は破壊され、頭の中は『可愛《かわい》い』で埋め尽くされる。けれどそれを口に出すのはなんとか堪《こら》えた。なんというか、俺なんかが姫咲さんに軽々しくそんなことを言っちゃいけないような気がしたからだ。

「な、なんでそんな格好を？」

その代わりに、俺は当然の質問を投げかける。

姫咲さんのチア姿がすさまじい可愛さなのはさて置き、急にどうしてそんな格好で現れたのかという疑問も大きかった。というかまずはそっちのはずなのに、可愛さに圧倒されて後回しになるとはどんだけだよと戦慄する。

「こ、これは応援用の衣装にと思って」

「お、応援用？」

「はい。この前の練習試合の時、先輩は言ってましたよね？　その……、わ、私の応援が力になったって……」

……それは、確かに言ったけど……。

「ま、まさか、そのために？」

「そ、そうです。あんな咄嗟《とっさ》の応援でも先輩の力になれたのなら、こうやって応援用の服を着てちゃんと応援したら、もっともっとお力になれるんじゃないかと」

……あ、マズい。恥ずかしそうにモジモジしながら、上目遣いでそんなこと言われたらかなりマズい。なんか一瞬クラッときてしまった……！

「で、でもだからってそこまでしなくても……」

「い、いえ、これもマネージャーの仕事ですから！」

意気込む姫咲さんに、俺は改めてすごいと思った。どれだけ義務感と責任感が強いんだろうと圧倒される思いだ。

「な、なので、先輩がいいと思ってくれるなら、この服を購入しようと思うんですけど、どう思いますか？」

「……うん。無理はしてほしくないけど、でも姫咲さん自身がそこまで考えてくれてるなら、俺はいいと思う」

だから俺は、素直にそう答えた。

「そ、そうですか！　では早速購入して明日から――」

「その格好を見たら、みんなも絶対やる気が出るよ」

「……え？」

「……どうしたの姫咲さん？」

その時、なぜか姫咲さんの動きがピタッと止まり、呆然《ぼうぜん》とした顔になった。

「み、みんなもと言うのは……？」

「え、だからバスケ部のみんなのことだけど」

「……あっ！」

突然ハッとした様子で目を見開く姫咲さん。

「…………や、やっぱり購入はやめておきます」

そして急にそれまでの勢いを引っ込めてそんなことを言うのだった。

「ほ、他の皆さんにもこの格好を見られる可能性を失念してました……。先輩を応援することしか考えていませんでしたから……」

そう言ってかあぁと頬を染める姫咲さん。俺は呆気《あっけ》にとられる。

「もともとそういうつもりじゃなかったの……？」

「い、いえ、もとから先輩だけに見せるつもりで――というのは、つまりその！　大勢に見られるのはちょっと困るということで！　は、恥ずかしいですから！　……せ、先輩だけなら大丈夫なんですけど……」

姫咲さんはごにょごにょと語尾の方を小さくしながら言った。

……確かに大勢の前じゃ恥ずかしいよな。絶対注目されるし。

「き、着替えてきます！　すいませんでした！」

俺が自分にそう言い聞かせる中、姫咲さんは試着室の中へと戻って行った。

とりあえず、姫咲さんのチア姿での応援はこれでなくなったわけだけど、正直なところ少しホッとしてる自分がいた。そりゃあの格好で応援されたらうれしいけど、確実に集中はできないだろうし。

……だから、別に姫咲さんのあの格好を他の部員達に見られずに済んだからホッとしてるってわけじゃないはず——って、マジで何を考えてんだよ俺は……。

▼

買い出しの用事が終わり、俺達はモールを後にすべく出口に向かっていた。

結局重いものや、ユニフォームなどの注文してから作ってもらうものは全て郵送するよう手配したため、直接手に持って帰る分は大した量じゃなかった。

とはいえ女の子一人だとやや面倒なのには変わりないので、俺は両手に紙袋をぶら下げて荷物持ちとして責務を果たしていた。

「……あ」

その途中で、モールの吹き抜けにある広場に出た時のこと。

姫咲さんがある方向を見つめながら立ち止まったのだ。

その視線を追うと、そこにはお洒落《しゃれ》なカフェがあった。若い男女で賑《にぎ》わっていて、みんな楽しそうに笑っているのが見えた。

「疲れた？　休憩していこうか？」

俺がそう声をかけると、姫咲さんはビクッと背筋を伸ばした。

「い、いえ、そういうわけじゃありません。……ただああいうの、なんていうか、ちょっと素敵だなって思っただけで、あの……」

確かにあのカフェはオープンテラスもあって、開放的で雰囲気もよさげな店だ。

そういうことならやっぱり、ちょっと休憩していけばいいんじゃないだろうか。

けれどそう思ってまた口を開こうとした時、俺はあることに気がつく。

……よく見るとあの店、なんか妙に男女のペアが多くないか？　カップル、だよな？

あからさまにイチャついてる人達もいるし……。

そんなところに誘ったら変な誤解を招きそうな気がして、俺は結局何も言えなかった。

「さあ先輩、遅くなると先生に叱《しか》られます。早く学校に向かいましょう」

そうして間もなく姫咲さんがまた歩き出したので、その話はそこで終わった。

俺達はモールを出て、そのまま学校へと向かう。

空はもう夕暮れの朱《あけ》に染まりかけており、買い出しで結構時間をくってしまったんだなと今更ながらに気がついた。

「おー、ご苦労さん。休みだってのに悪かったな。今度なにかお礼でもするから」

学校に到着し第一体育館の事務室へと向かうと、三橋《みつはし》先生がそう言って出迎えた。

休日出勤だからか、いつも以上にダラダラした雰囲気だ。事務室内も散らかり放題で、まるで自分の部屋扱い。

まったくこの人は、バスケを指導してる時以外は本当に適当だから困るよなぁ……。

「如月《きさらぎ》もすまんな。でもまあ姫咲には普段から世話になってるんだから、こういう時に手伝うのは当然か。なんにせよ、今日持って帰ってきた分はそのまま体育倉庫の中へ入れといてくれ。終わったら帰っていいからな」

先生にそう言われて、俺達は荷物を持って体育倉庫へと向かった。

鍵は先生がもう開けておいたらしく、かかっていなかった。

俺達は中へと入り、買ってきたばかりの備品を整理しながら置いていった。

「先輩、今日はありがとうございました。おかげで助かりました」

その作業が終わる頃、姫咲さんがこちらを振り向いて感謝の言葉を述べた。

「お礼なんていいよ。三橋先生も言ってたけど、俺は普段から姫咲さんにお世話になってるんだし、こういう時に手伝うのは当然だからさ」

「お、お世話だなんて……。わた、私はマネージャーとしてすべきことをしているだけです。むしろ居残り練習に付き合ってるといっても役に立ってるかどうかわからないですし、逆にご迷惑かけてるかもって……」

「そ、そんなことないよ。全然」

その言葉通り、迷惑だなんて思ったことは一度もなかった。

姫咲さんはいつも熱心で、いろいろな新しいトレーニング法なんかを調べてきては俺にアドバイスをしてくれる。そのことには感謝しかない。

けれど、それを直接口に出したことはこれまでなかった。

恥ずかしいから——という理由もないわけじゃないけど、それよりも厚かましいと思われたくなかったから、という方が大きい。

ただでさえ俺だけ特別扱いみたいなことをしてもらってるのに、それにあからさまに感謝してしまうと、まるでこれからもそうしてほしいと催促しているようで——

正直、いつ練習に付き合うのはやめると言われてもおかしくないと思っていた。

姫咲さんの責任感が強いといっても無制限じゃないはずだ。なのにまだ、姫咲さんは変わることなく部活後に俺と一緒にいてくれている……。

「……迷惑どころか、俺は姫咲さんにすごく感謝してるんだ」

そう考えるとやっぱり言わずにはいられなくなって、俺の口は自然に開いていた。

いい機会、なのかもしれない。

「……え？　わ、私に感謝、ですか⁉」

「うん、いつもありがとう姫咲さん。いろいろと支えてくれて」

「そ、そんな⁉　どどどうしたんですか急に⁉」

「い、いや急にというか……、ずっと思ってはいたことなんだ」

姫咲さんが慌てた様子だったので、俺もちょっと動揺してしまう。

それでも伝えるべきことは伝えないといけないと思い、俺は続けた。

「姫咲さんはマネージャーの義務だって言ってたけど、それでもやっぱり個人の居残り練習に付き合うなんて大変なことだよ。だからずっと申し訳ないなって思いつつ、その気持ち自体はありがたかったんだ。ただ……」

「た、ただ……？」

「うん……、もしかしたらそれって、俺が姫咲さんの責任感に甘えてるだけみたいな構図になるんじゃないかって心配があったんだよ。でも、それで日頃の感謝を伝えないなんてやっぱり変だって思って」

だから、この機会にお礼の言葉を口にしたのだと、俺は言った。

なんだか言葉選びが下手で変な告白みたいになってしまったけど、姫咲さんにちゃんと感謝の気持ちは伝わっただろうか……？

姫咲さんは俺の話を目を見開いて聞いていたが、やがてふるふると首を振ると、緊張した面持ちで口を開いた。

「……そ、そんな心配なんて無用です。だって……、わ、私が先輩のお傍《そば》にいるのは、マネージャーだからというだけでは、あ、ありませんから……！」

「え、そうなの？」

その言葉を意外に思って聞き返すと、姫咲さんは何度もコクコクと頷《うなず》く。

「そ、そうです。なぜなら、わ、わた、私は先輩のことを…………、そ、その！すごくがんばってる人だって思ってるからなんです！」

「俺が、がんばってる？」

「は、はい！　だから、その、気になって…………、はぁ……」

……な、なんでそこでため息を吐《つ》かれたんだ？　しかも結構重めな……。

「そう、だったんだ」

それはともかく、俺はかなり意外に思った。

まさかここまでストレートに肯定されるとは思ってなかったから。

しかも普段は知的で冷静な姫咲さんが「がんばってる」なんていうある種抽象的な言葉を全力で口にしたのが面白くて、俺はついクスッと笑ってしまった。

「な、なんで笑ってるんですか？　もしかして信じてもらえてませんか？」

「い、いや、そうじゃなくて」

「先輩は謙虚な人ですから、自分がどれだけがんばってるのかわかっていないんです」

姫咲さんは俺の笑いを誤解したのか、少し憤慨した様子だった。

その後も「いいですか？」と言って、俺がいかにがんばっているのかを、なぜか姫咲さんが力説していく。

「先輩は部活が終わった後でも人知れず一人で練習を続けています。そんな人、他にはいません。先輩はそれを自分の実力不足で仕方なくやっているだけと考えているかもしれませんが、そもそもそんなことをし続けられること自体、私はすごいと思います。ハンデがあるのに先輩はめげることなく黙々と練習を続けていますし、その決して折れることのない強い心に私は——あ、い、いえ！　その……、わ、私はすごいと思ったから、あの、先輩をサポートしようと思ったんです！」

すごいすごいと熱心な口調で言われて、俺は圧倒されると同時に、照れるのを通り越してなんだかむずがゆい気分になる。

それでも、姫咲さんに認めてもらえたこと自体は素直にうれしかった。

ただ、そんなうれしいと思う気持ちの後ろに、冷静に姫咲さんの言葉をとらえている自分もいる。そのことも伝えておかないといけない。

「………そっか、姫咲さんには俺のことがそういう風に見えてたんだな」

「先輩……？」

「ありがとう姫咲さん。でもね、本当はそんなことないんだよ、俺は」

「それって、どういう意味ですか……？」

「別に俺は、姫咲さんが思うようなそんな強い人間じゃないってこと」

俺は苦笑しながらそう答える。

実際、俺は別に強くないし、決して折れない心なんて持っていないんだ。

……ただ、もし姫咲さんの目に俺がそんな風に映っていたとしたら、それはきっと俺が過去に、あの女の子に救われたことがあるから——……なんだろうな。

「そ、そんなことは――」

姫咲さんは俺の言葉に再び何か言い返そうと口を開く。

だけどその時、

「あいつらはもう帰ったみたいだな。じゃあ鍵を閉めてっと……。ふわぁ、書類は作り終わったからちょっと寝るか……。ったく、休日出勤とかマジで……」

「「え？」」

そんな声が入口の方から聞こえてきて、続いて扉が閉まる音が倉庫内に響いた。

ダメ押しで、ガチャリと鍵がかかる音も。

俺と姫咲さんは無言で振り向いたが、ちょうど奥まったところにいたので跳び箱やらなにやらが邪魔で入口の方は見えなかった。恐る恐る歩いていくと、そこにはものの見事に閉じられた扉があって、俺達は二人して立ち尽くす。

「……これってもしかして」

「……どうやら閉じ込められたようですね」

こんな時でも冷静な姫咲さんの声が、静まり返った倉庫内に染《し》み入った。

そうして訪れた一瞬の沈黙の後、俺は弾《はじ》かれたように動き出した。

「ちょっと先生⁉　俺達まだ中にいるんですけど⁉　おーいっ‼」

扉を拳で叩《たた》いて大声を張り上げる。ドンドンと音を鳴らすが、外からはなんの反応も返ってこない。どうやら先生はもういないらしい。

「……ま、まさか体育倉庫に閉じ込められるなんて」

俺は扉に両手をつきながら愕然《がくぜん》とする。こんな伝統的かつ古典的イベントに、よもやリアルで遭遇しようとは……。

「先輩、落ち着いてください」

「ひ、姫咲さん。そ、そうだな、落ち着こう。落ち着いて脱出方法を探さないと」

「いえ、スマホがありますから。先生に電話すればいいだけです」

「あ」

……そっか、それでいいじゃん。

この手のイベントが古典になったのは、今の時代誰でも携帯くらい持ってるからだ。

俺だってちゃんとスマホは持ってる。なんで取り乱してたんだ俺は。

「…………出ませんね」

しかし、先生に電話をかけていた姫咲さんは、呼び出し音が鳴り続ける自分のスマホを見てさすがに表情を曇らせた。

「なにしてんだあの人は……」

「おそらく、寝てるのではないでしょうか？　そんなことを言っていましたし」

「……そうみたいだな。仕方ない、他の人に連絡しよう」

「そうですね。バスケ部グループにメッセージを送っておけば誰かが気づくでしょう」

姫咲さんはそう言って再びスマホを操作しようとするが、その瞬間俺はハッと気づいて慌ててそれをとめた。

「ま、待った！　それはちょっとマズい……！」

「え？　なにがマズいんです？」

「俺と姫咲さんが二人で体育倉庫に閉じ込められてるとか、そんな状況を誰かに知られたらマズいよ。誤解されかねないし、最悪変な噂《うわさ》が立ったら……」

「あ……。で、でも、私は別に全然かまいませんよ？　せ、先輩との噂とか、私としてはかんげ――ではなく！　まるで気にしませんから⁉　……あ、でも、私のことはともかく、そんな噂が出回ると先輩の練習に支障が出る可能性がありますね……。も、もしそうなったら私は死んでお詫《わ》びするしかありません……！」

「さすがにそれは責任感が強すぎるのでは⁉」

……ま、まあなにはともあれ、迂闊《うかつ》に外部に助けを求めることはできないってわけだ。

「学校の連中は無理だとして、他に誰か助けを求められそうなのは……」

「家族……でしょうか？　でもうちは今日、お父さんもお母さんも雫《しずく》を連れて出かけてしまって、夜遅くまで帰らないんですよね……」

「うちの両親は二人して昨日から出張に出てるし……、なんて間が悪いんだ」

俺達はその後もそろって頭を悩ませるが、結局のところ連絡できそうな相手は見つからなかった。文明の利器があってもどうしようもない状況はあるな……。

「やはり三橋《みつはし》先生に気づいてもらうまで待つしかないようですね」

「そうだね。自力で脱出とかもできそうにないし……」

俺はそう言いながらも、一応何かないかと倉庫内を見回すが、やっぱり何もなかった。

「……くしゅっ」

そうこうしているうちに、姫咲さんが小さなくしゃみをしたのが聞こえた。

……そういえば少し冷えてきた気がする。

窓から空を見上げると、いつの間にかもうすっかり暗くなっていた。

春になったとはいえ、太陽が沈むとまだまだ寒い日が続いている。

俺は再び倉庫内を見回したが、寒さをしのげそうなものは見当たらない。

……マットにくるまるわけにもいかないし……、仕方がないな。

「……え？　せ、先輩？」

俺は自分の着ていた上着を脱いで、姫咲さんの肩にかけた。

「寒いから、それ使って。俺ので悪いけどさ」

「そ、そんな⁉ でも、それじゃ先輩は……」

「俺なら大丈夫。どうせすぐに先生が通知に気づいて開けてくれるだろうしさ」

俺は笑ってそう答えるけど、ほとんど強がりだった。

上着を脱ぐと寒さが一気に迫ってくるような感じがしたけど、それでも姫咲さんが震えているのを見るよりは遥《はる》かにマシだった。

「だ、ダメですよそんな！ 先輩のお身体《からだ》に何かあったら――」

「大丈夫だってば。それより先生に連絡は？」

「さ、さっきから電話はかけ続けていますが、まだ反応は……」

「じゃあ仕方ない。もう少し待つしかないな」

俺はそう言ってマットに腰を下ろした。すると姫咲さんも、最初は何か言いたげに俺を見下ろしていたが、結局は口を噤《つぐ》んで俺の隣に腰掛けた。

やはり寒かったのだろう。姫咲さんは俺の上着ごと、ギュッと自分を抱きしめるような姿勢になった。俯《うつむ》き気味で表情は見えないけど、寒がってなければいいが。

「……あの、先輩」

しばらくの間、俺達はそのままの姿勢で沈黙を守っていた。

けれどやがて、姫咲さんがどこかこちらを窺《うかが》うような様子で口を開いた。

「先ほどのお話なんですけど……」

見ると、姫咲さんはいつの間にか俺を真《ま》っ直《す》ぐに見据えていた。

「先輩は先ほど、自分は私が言うほど強い人間ではないといった感じのことを言ってましたけど……、あれはどういうことなんですか？」

「どういうことも何も、そのまんまの意味だよ」

「それがわからないんです。私の目には、先輩はどこまでも強くて、折れない心の持ち主に映ります。……自分ではそうは思っていないということですか？」

「……うん、そうだよ。俺はそんなすごい人間じゃない。確かに今はちょっとだけ強くなれたかもしれないけど、俺にだって心が折れかけた時期は普通にあったしね」

「え⁉」

姫咲さんが意外そうに目を見開くが、俺はその素直な反応に苦笑する。

「先輩にも、そんな時期があったんですか？」

「……中学になると身長の足りなさがだんだんキツくなってきて、バスケをやめようかと本気で思ったことがあったよ。でも――」

俺の脳裏に、一瞬だけあの子の姿が浮かんだ。

不自然な金色の髪。生意気でふてぶてしい態度。でも、どこかすがるような——寂しい光を宿した瞳。

……そしてその光が消えた後の、どこまでもうれしそうなあの笑顔。

——先輩、本当にありがとう。

「先輩？」

姫咲さんの声に、俺はハッと我に返る。少し意識が過去に飛んでた。

「……まあ、なんだかんだあって立ち直って、腐ってても仕方ないから自分にできることをやろうと決めて、今に至ると」

「ちょ、ちょっと待ってください。なんか今、ものすごく話を端折《はしょ》りませんでした⁉」

……端折った。ああ、思いっきり端折りましたとも。

「い、いいじゃないか。とにかく俺は決して強い心の持ち主とかじゃなくて、普通に心が折れることだってあるって話だよ」

「でも立ち直れたんですよね？　そのきっかけはなんだったんですか？」

「いや、だからそれは個人的なことで……」

「いいえ、知る必要があります！　こ、これはマネジメント上でとても大事なことです！　そう、メンタルヘルス的なアレで！」

「なんか適当じゃないか⁉　ってか別にいいでしょ！　個人的なことだって言ってるんだから、参考にはならないよ！」

「なんでそんなに頑《かたく》ななんですか！　……も、もしかしてそのきっかけって、誰か特別な人物とか……⁉　はっ！　ま、まさか、今まで彼女はいたことがないとおっしゃってましたけど、す、すすす好きな人とかそういうことですか⁉」

「えええ⁉」

迫る姫咲さんに、俺は思わず声を上げて後ずさる。

姫咲さんの追及になんだか鬼気迫るものがあったってのもあるけど、いきなり好きな人とか突拍子もないことを言われてビックリしたのだ。

「そうなんですか⁉　そ、それは一体どこの誰で――」

驚きで言葉を失ってしまった俺に、姫咲さんがさらに前のめりになる。

というかいつの間にか俺はマットに押し倒されるような体勢になっていて、これはさすがにマズいのでは⁉　というか普通逆じゃないですかね⁉　何がとは言わんが！

しかし、俺がそんな危機的状況を迎えつつある時だった。

――プルルルルルルルル。

不意に電子音が倉庫内に響き渡り、それはすぐ傍《そば》に置いてあった姫咲さんのスマホからだった。

俺達は二人同時に動きが止まったが、間もなく姫咲さんが腕を伸ばし通話モードに。

『ふわあぁ……。なんだ姫咲？　なんかすっごい電話がかかってきてたみたいだけど』

すると、あくび交じりの先生の声が聞こえてきて、俺達は顔を見合わせた後、どちらともなくスマホに向かって勢いよくまくしたてるのだった。

……そうして間もなく、俺と姫咲さんはようやく事態に気づいた三橋先生によって、体育倉庫から救出された。

先生は「なんでそんなとこにいたんだ？」と元凶のくせにヘラヘラしていたが、俺はもう何か言う気力もなかった。

……まあ姫咲さんが俺の分まで（ものすごく論理的に）叱《しか》ってくれたので、さすがの先生も最後にはシュンとしてたけど。……姫咲さんツエー……。

その後、さすがに時間が時間だったので早く帰るべきだということになり、姫咲さんは先生が家まで送っていき、俺は一人で家路についた。

「……なんかすごい一日だったな」

俺はすっかり夜になった空を見上げながら、一人そう呟《つぶや》く。

疲れたからか、なんだか身体が重い。

こころなしか寒気も感じるし、なんだか鼻もムズムズする。

身体が冷えたのかもしれない。俺は返してもらった上着を羽織り、姫咲さんがさっきやっていたようにギュッと自分の身体を抱いた。

姫咲さんの温《ぬく》もりがまだ残ってるような気がしたけど、

「……はっくしょん！」

その感覚も、大きなくしゃみによってすぐに消えてしまったのだった。

第六章　風邪とお見舞い

「……あー、身体がダルい……。頭も痛い……」

姫咲さんの買い出しに付き合った翌日の朝。

俺は目覚めたら風邪をひいていた。熱もバッチリあって、もちろん心当たりもバッチリだった。昨日のことを思い出すまでもなかった。

とりあえず学校には欠席すると連絡を入れ、部活のグループメッセにある出欠連絡の項目にも風邪をひいたことを書いておいた。

その後は、食欲はなかったけどとりあえず食パンを牛乳で流し込み、常備薬の風邪薬を飲んでベッドに転がった。

ちなみに家族は不在で家には俺一人しかいない。両親は二人とも出張からまだ帰ってきておらず、帰宅は明日《あした》の夜だ。それまでは一人でこの風邪と闘わなくてはいけない。

こういう時の治し方としては、俺はひたすら寝ることにしていた。

時折目を覚まして水分補給とトイレを済ませる以外は、とにかく寝た。

たまに起きたついでにスマホを見ると、啓介《けいすけ》や千尋《ちひろ》から大丈夫かというメッセージが届いていたが、姫咲さんからのはなかった。

……って、何を当たり前のことを気にしてるんだ俺は。

きっと今日も姫咲さんは真面目なマネージャーとして、部活を管理しているのだろう。データを取ったり資料を整理したり、彼女はいつも忙しい……。

俺は少し寂しく思いながらもそう納得して、また昏々《こんこん》と眠った。

そうしてどれくらい経《た》ったのか。俺はふと、ある音で目を覚ました。

「んあ……？」

寝ぼけた頭で最初何の音かわからなかったが、間もなくそれが玄関のチャイムだということに気がつく。

こんな時に郵便か何かか……？　と面倒に思ったけど、放っておくわけにもいかず、俺はベッドを出た。時計を見ると、いつの間にか夕方になっていた。

一階に下り、インターホンに出るのも面倒なので、俺は直接玄関に向かった。

そうしてドアを開けたが、その瞬間残っていた眠気が吹っ飛んだ。

「……え？　な、なんで⁉」

なぜならそこには、姫咲さんが心配そうな顔で立っていたからだ。

「あ、先輩、大丈夫ですか？　風邪なのに、動いても平気なんですか？」

「い、いや、平気ってわけじゃないけど。それより、どうして姫咲さんがここに？」

「もちろん、先輩のお見舞いに来たんです」

姫咲さんはそう言って、手に持っていた学校の鞄《かばん》ではないエコバッグらしきものを持ち上げて見せた。チラッと見えた中身は食材とか薬とかビタミンゼリーとか……。

「お見舞いって、わざわざどうして……？」

「も、もちろん仕事の一環です。部員の体調を気遣うのもマネージャーの義務ですから、お見舞いするのは当然のことです」

「……でも、この前他の部員が病欠してた時は、お見舞いになんて行ってなかったような気がするんだけど……」

「そ、それはケースバイケースです。お見舞いが必要な程かどうかは、その都度適切に判断してますから」

……なるほど。さすが敏腕マネージャー。

「でも俺のはただの風邪だよ？」

「ただの風邪が一番厄介なんです。早く治さないと蔓延《まんえん》しては困りますから」

「いや、休んでるからうつらないと思うんだけど……。それに、待てよ？　そういえば今ってまだ部活の時間じゃないっけ？」

「え？　……い、いえ、今日はちょっと早く終わったんですよ。そ、それよりも先輩、いつまでもこんなところで立ち話をしていたら風邪がひどくなってしまいます」

「あ、うん。じゃあ、とりあえず中へ」

「し、失礼します……！」

家の中に招き入れると、なぜか姫咲さんはえらく緊張した様子だった。

玄関に立ったままキョロキョロと辺りを見回すその姿は、まるでなにかを警戒しているようにも見えた。

……いや、考えてみれば当然か。いくら俺を信頼してくれてるとはいえ、男子の家にやって来たんだから警戒するのは当たり前だな。

とはいえ、ずっと玄関にいられても困るんだけど……。

「あ、あの、先輩のご両親は？　お義父《とう》さまとお義母《かあ》さまにご挨拶をしないと」

そんなことを考えていたのだが、姫咲さんの言葉に俺は「ああ」と納得する。

そうか、家の人間に挨拶をしようと思ってたのか。そりゃ姫咲さんみたいな礼儀正しい人だったら、まずはそう考えるのが自然だろう。

……でも、なんか今ちょっと発音が変じゃなかったか？　気のせいかな……。

「ああ、ごめん。今はいないんだ。二人とも出張で留守で」

俺がそう答えると、姫咲さんは「そ、そうなんですか」とホッと息を吐いた。

……と、待てよ？　両親がいない家に女の子を招き入れるのはさすがにマズいのでは？

「それでは失礼いたします。こ、ここが先輩のお家《うち》……」

だけどそんな思考とは裏腹に、姫咲さんは特に気にした様子もなく家に上がった。

なんだか興味津々《きょうみしんしん》って感じで家の中を見回してるけど、それはともかくやっぱりこういうのはよくないはずだ。いろんな意味で。

「えっと、わざわざお見舞いありがとう。でも姫咲さんに風邪がうつったりしたらダメだから、用件は早めに済ませよう」

「いえ、私のことなら大丈夫です。それより先輩、ご両親が不在ということは、身の回りのことなどは大丈夫ですか？　お食事などはちゃんととれていますか？」

「いやそれは、朝に食パンを食べただけ、かな……」

「そ、そんなのダメじゃないですか。こういう時こそしっかり栄養をとらないといけないのに。それに先輩、ちょっとフラフラしていますよ。顔も赤いし。こうしてはいられません。早くベッドに戻らないと」

姫咲さんはそう言って、真剣な表情で俺の部屋はどこかと訊《たず》ねる。

俺はその雰囲気に気圧《けお》されて、思わず二階だと反射的に答えてしまった。すると姫咲さんは俺の手を取って、すぐさま階段の方へと向かった。

「さあ、先輩は寝ていてください。絶対安静です」

部屋に着くなり俺をベッドに寝かしつけると、姫咲さんは「よし」と呟いて、なにやら張り切った感じで腕まくりを始めた。

「先輩、少し待っていてくださいね。すぐに何か作ってきますから。あ、お台所をお借りしますね」

「ちょ、ちょっと待って。台所って——作るって何を……!?」

「安心してください。ちゃんと風邪の時でも食べやすいものをお作りしますから」

「そ、そうじゃなくて……。俺はてっきり、差し入れを持って来てくれただけで、それが済んだらすぐに帰るものだと……」

「そんなはずがないでしょう。こんな状態の先輩を放っておくわけにはいきません。ちゃんとお世話をしに来たんです。これもマネージャーの仕事の内です」

姫咲さんはそう言うと「すぐに戻ってきますから」とだけ言い残し、部屋を出ていってしまった。

残された俺は、想定外の展開に思考が追い付かない。姫咲さんが俺の世話……？　これって夢なんじゃないか？　その証拠になんか頭がクラクラするし……。

いくらマネージャーだからって、こんなことまでするものなんだろうか。

やっぱりこれは、熱で茹《ゆ》だった脳味噌《のうみそ》が見せる夢なのかもしれない。本当の俺は今もベッドでうなされていて、目を覚ましたら暗い部屋で一人寝てるだけとか。

俺はぼんやりと天井を眺めながら、上手《うま》く回らない頭でそんなことを考えていたが、

「先輩、お待たせしました」

やがてそんな声とともにドアが開く音がして、姫咲さんが戻ってきた。

手には土鍋が載ったトレイを持ち、しかも制服の上にエプロンを着用している。

その姿は『新妻』って単語が浮かんでくるくらい可愛《かわい》くて似合っており、なんかもういろんな意味でヤバかったが、だからこそ余計に現実感がなかった。

「ああ、やっぱ夢か……」

「？　なにを言ってるんですか先輩？」

「……あれ？　ゆ、夢じゃない？」

「もしかして熱で意識が朦朧《もうろう》としているんですか？　それはいけません。これを食べたらお薬を飲まないと。ちゃんと買ってきてますからね」

姫咲さんはそう言ってトレイをテーブルに置くと、土鍋の蓋をあけた。

ふわりといいにおいが漂ってきて、中には美味《おい》しそうな卵粥《たまごがゆ》が。

俺は今更ながらにこれが現実だと気がついて、慌ててベッドから上体を起こす。

「あ、ご、ごめん、こんなことまでしてもらって……」

「ダメです先輩。絶対安静と言ったでしょう？　先輩はそのままでいてください」

しかし姫咲さんはそんな俺をまた寝かしつけ、木のスプーンでお粥をすくうと、ゆっくりとそれを俺の口元へと持ってくるのだった。

「は、はい、……あ、あーん」

「いや、ちょっと⁉」

さすがの事態に、俺はこれまで以上に動揺する。

「は、早く食べてください。こぼれてしまいます」

しかし姫咲さんは頰を染めながらも、強い視線で俺を促してくる。

それに気圧されて、俺は思わず食べてしまった。誰かにこんな感じで食べさせてもらうなんて、小さい頃に母さんにしてもらった以外では記憶になかった。

「あ、あの、お味はどうですか？　美味しいですか？」

卵粥の味は美味しかった。いや、正確に言うとすごく美味しかった。

俺がコクコクと頷《うなず》くと、姫咲さんは緊張した表情を一変させ、パアアァ……と笑顔を輝かせた。その顔がなんだかとっても微笑《ほほえ》ましくて、粥を食べたのとはまた別に、お腹《なか》の辺りが温かくなったように感じた。

「よかった……！　で、ではどんどん食べてくださいね！」

「ちょ、ちょっと待って」

姫咲さんはそのままさらに同じことを続けようとするが、俺はそこで待ったをかける。

「あ、あとは自分で食べるから。……その、ここまでしてくれるのはありがたいんだけど、さすがにこれはマネージャーの仕事の域を逸脱してる気がするし……」

いくら姫咲さんが責任感の強い真面目なマネージャーとはいえ、こんな甲斐甲斐《かいがい》しくお世話までしてもらうなんてのは、やっぱり申し訳ない。

しかし姫咲さんはそれを聞いて一瞬ギクッとしたようだったが、すぐにキッと俺を見据えて毅然《きぜん》とこう反論した。

「い、いえ、そんなことはありません。マネージャーが部員にお料理を作るのは変なことじゃないでしょう？　合宿の時などのお食事は、マネージャーが用意することだってあるじゃないですか。……そ、それに、この先両手を負傷した人のお世話をする場合だってあるわけで、つまりこれは、その時のための練習でもあるんです！」

「そ、そうなの？」

「そうです！　そ、それに先輩はハンデを負っていると自分で言ってたじゃないですか。そのハンデを乗り越えるためにも日々の練習は欠かせないはず。一日でも早く回復してもらうために、私はできることをしているだけです。私は先輩の——い、いえ、バスケ部のことを考えて最適の行動をしているだけですから、これは決して私利私欲とか⁉　そ、そういうことではなく、あ、あくまでマネージャーとして合理的な判断です！」

早口でそうまくしたてる姫咲さん。俺はそれを聞いて圧倒されていた。

……どうやら俺は、まだまだ姫咲さんのことを見くびっていたらしい。

確かに、一刻も早く病気を治して練習に戻るのが最優先で、そのためにできることは何でもすべきだ。些末《さまつ》なことにこだわらずやるべきことを全力でやる——わかっていたはずなのに、姫咲さんの方が俺よりもよっぽどそのことを実践してるじゃないか。

「……ごめん姫咲さん、俺が間違ってたよ。姫咲さんがバスケ部のことを真剣に考えてくれてるのに、俺が小さなことにこだわってる場合じゃなかった」

「あ、いえ、そこまで納得されたり、まして謝られたりしたら、逆に、その、申し訳なくなってくるんですけど……。で、ですがその通りです！　深く考えず、今は風邪を治すのに集中してください」

……姫咲さんの言う通りで、とりあえず元気を取り戻して練習に戻ること。今はそれだけを考えるべきだった。

恥ずかしいとか姫咲さんにこんなことまでしてもらって申し訳ないとか、そういうのは後から考えよう。でも忘れることは絶対せずに、いつかこの感謝はちゃんと形にしないといけない。

……そう、元気になったら姫咲さんへなにか——……これまでずっとお世話になったことも含めて、なにかお礼をしないと。

「は、はい先輩。あ、あーんしてください……！」

俺はそんなことを考えながら、その後も姫咲さんに卵粥を食べさせてもらった。

全部食べ終えて薬も飲むと、なんだか少し落ち着いてきたようだ。

「先輩、具合の方はどうですか？」

「うん、おかげで少し楽になったよ。全身がポカポカしてきた気がする」

「それはよかったです。身体《からだ》が温まるお料理を作りましたから。あとは水分をたくさんとっていっぱい汗をかいたら、すぐに元気に——」

姫咲さんはうれしそうに話をしていたが、なぜか不意に言葉を切った。

どうしたんだろう？　と思っていると、姫咲さんはどこかハッとした様子で呆然《ぼうぜん》としていたが、その後急に顔を赤く染めた。……な、なんだ？

「……せ、先輩、大事なことを忘れていました。ふ、服を脱いでくださいますか……！」

「え⁉　な、なんで⁉」

「も、もちろんお身体を拭くためです。熱があるということは汗もかいたでしょうから、わ、わたっ、私が拭いてさしあげますから……！」

そう言って、自分の鞄《かばん》からま新しいタオルを取り出して迫ってくる姫咲さん。

……な、なんか目が据わってるし、しかもちょっと息が荒くなってません⁉

「い、いや、さすがにそこまでは……！」

「こ、これも風邪を早く治すため、必要なことです！」

そ、それは確かにそうで、そのためには小さなことにこだわってる場合じゃないってさっき決めたけど。

……でも、さすがにこれは『小さなこと』の範疇《はんちゅう》を超えてるよな⁉

「さ、さあ先輩……！」

タオルを持ってにじり寄ってくる姫咲さんの顔は真っ赤で、どっちが熱があるのかわからないくらいだった。……や、やっぱ姫咲さんも無理してるんじゃないのか⁉

そうして、いつの間にか俺がベッドの端まで追い詰められた時だった。

「なおくん！　風邪って大丈夫なの⁉」

「直輝元気か？　差し入れ持ってきたぞ」

ガチャッとドアが開いたかと思うと、千尋《ちひろ》と啓介《けいすけ》が部屋に入ってきたのだ。

どうやら二人ともお見舞いに来てくれたらしいけど、その瞬間俺達は同時に弾《はじ》かれたように バッと離れた。それを見た二人は不思議そうに首を傾《かし》げる。

「あれ、どうしたの？　というか、姫咲さんもお見舞いに来てたんだね」

「蘭《らん》ちゃん先生からは聞いてたけど、悪いな、直輝のためにさ」

「い、いえ」

そう言って声をかけられた姫咲さんは、気まずそうに目を逸《そ》らし、タオルを後ろ手に隠した。どうやら本人もちょっと暴走してた自覚はあるらしい。

そういう意味じゃ、二人が来てくれたのはナイスタイミングだったな……。

「で、具合はどうなんだ直輝」

「そうだ！　どうなのなおくん？　苦しくない？」

啓介と千尋は思い出したかのように、俺の方へと振り向く。

「あ、ああ、大丈夫。朝よりはだいぶマシになってきたし」

心配させたくなかったというのもあるが、俺は正直に答えた。

実際、姫咲さんのおかげでずいぶん楽になったからな。

「そうなんだ。よかったよー」

本当に心配してくれていたらしく千尋は心底安堵《あんど》したような表情だった。

子供の頃から病気をするたびにこんな感じだったなぁ……と、俺は苦笑する。

ふと気がつくと、姫咲さんがそんな千尋をジッと見つめていた。

「まあ大したことはなさそうでよかったぜ。それで直輝、なんかしてほしいこととかあるか？　せっかく見舞いに来たんだからさ」

「あ、そうだよなおくん！　何かある？　お腹とか空《す》いてない？　私が何か作ってあげようか？」

「いや大丈夫だよ。食事なら、ほら、ちょうど今姫咲さんに作ってもらったのを食べたばっかりだからさ」

俺は空になった土鍋を指さしながら言った。

「あちゃ、一足遅かったんだね。それで、何食べたの？　美味しかった？」

「卵粥。美味しかったよ」

「いいなー。私も卵粥、食べたかったなー」

「千尋のことだから、ついでに多めに作って自分も一緒に食べるつもりだったんだろ？」

「あはは、バレてる。さすがなおくん、わかってるね」

そう言って笑う千尋に、俺はやれやれとため息を吐《つ》く。

千尋は昔から、見舞いに来ては「何か作ってあげる！」と料理をしてくれるのだが、それを俺が食べてるとすごくもの欲しそうな顔で見てきて、結局二人で分けて食べるといった流れになることが多かったのだ。

その結果、どうせ自分も食べるからと料理の分量自体が増えることになり、見舞いに来たのか食事に来たのかよくわからないことに……。

まあ、千尋らしいといえばらしいし、両親がいない時にそういうお世話をしてくれるってところは本当にありがたい幼馴染《おさななじみ》なんだけどな。

「じゃあさじゃあさ、ハチミツレモン作ってあげるね。なおくん好きだもんね」

やがて千尋はパンッと手を打ちながらそう言った。

「……先輩はそれがお好きなのですか？」

その時、それまで黙っていた姫咲さんがポツリとそう訊《たず》ねた。

すると千尋は「うんっ」と振り返り、いかに俺がハチミツレモン好きかを語る。

なんか俺がハチミツレモン依存症に聞こえるくらい熱心に。

「なおくんたら、風邪をひくたびに飲んでたんだよ！」

「お前が風邪をひくたびに直輝に飲ませてたの間違いだろ」

「あはは。だって小さい頃、なおくんが風邪ひいた時に作ってあげたら美味《おい》しいって言ってくれたから、つい……」

啓介のツッコミに、千尋は少し照れた様子でチロッと舌を出す。

お前は孫バカのお婆《ばあ》ちゃんか、とさらにツッコむ啓介に「お婆ちゃんじゃないよー」と律儀《りちぎ》に返す千尋がおかしくて、俺は思わず笑ってしまった。

「じゃあ作ってきてあげるね。ちょっと待ってて」

「あ、私もお手伝いします」

そう言って、千尋と姫咲さんは部屋から出ていってしまった。

それを見た啓介は「賑《にぎ》やかだな」と笑った。

「千尋のやつ、早退して見舞いに行こうかって本気で悩んでたんだぜ。もちろん蘭ちゃん先生にドヤされてたけど」

「そりゃ当たり前だ……」

「そんだけお前が心配なんだよ。でもそれは千尋だけじゃないみたいだな。マネージャーは実際に部活を休んで見舞いに来たわけだし」

「……やっぱそうか」

姫咲さんはちょっと早く部活が終わったって言ってたけど、だったら啓介と千尋も一緒に来てたはずだもんな。おかしいとは思ってたけど……。

「姫咲さんは真面目で責任感が強いってわかってるとはいえ、ここまでされるとやっぱりちょっと申し訳なくなるな……」

「本人の意思でやってるんなら別にいいんじゃないか？　それに、誰相手にもそうだってわけでもなさそうだし」

……やっぱりそうだよな。特別に目をかけてもらってるって自覚はあるよ。

俺のがんばりを認め、応援してくれている姫咲さん。

ただ、がんばってるのは俺だけじゃないはずだ。他の連中だってそれぞれの範囲でがんばってる。なのに自分だけこうやって特別扱いされるのは、ありがたいと思う反面どうしても申し訳なさを感じてしまう。

やっぱりどうにかしてお返しをしたいんだけど、何をどうすればいいのかな……。

「そんなことよりも、ほら、差し入れだ。こいつでさっさと元気になってくれよ」

「ああ、ありがとな。で、それは？」

無地の紙袋を掲げる啓介だったが、中身はなんだろう？

「一発で元気になれるものが入ってる。最初はエロ動画が大量に詰まったＵＳＢでも持ってこようかと思ったけど、やっぱこっちにしたぞ」

「なんか元気の意味をはき違えてないか!?」

そんな危ないことを言いながら、啓介は紙袋を押し付けてくる。

なんだか嫌な予感がしたけど、とりあえず中身を見てみた。結果、予感は的中した。

「……なにこれ」

「聞いて驚け。そいつは最近マイプリで新規追加された衣装を特注で作らせたもんだ！　そのギリギリのプリーツミニがまたたまらなくカワイイだろ!?」

「だからなにこれ!?」

「いやー、もともと俺が着ようと思ってたんだけどさ。悔しいけどこのカワイイはお前が着た方が似合うかなって思ったんだよ」

「んなこと聞いてない！　これで一体どうしろと!?」

「それを着て鏡の前に立てば、あまりの可愛《かわい》さに風邪なんか吹っ飛ぶって！　俺は風邪ひいたらいつもそうやって治してるぜ！」

「それ治ってるんじゃないよ！　別の病気に吹っ飛ばされてるだけだよ！」

「喜んでもらえたみたいでなによりだ。じゃあ後でちゃんと着て、写真に撮って俺にも送ってくれよ」

あっはっはと笑う啓介に、俺は頭が痛くなってきた。

……風邪がさらに悪化したかもしれない。

「あ、ちゃんと絶対領域が映えるニーソも入ってるからな。なに、感謝はいらねーよ」

そう言って、女子が見たら歓声を上げそうなくらい爽やかな笑みを浮かべる啓介を眺めながら、俺はもう言い返す気力もなくベッドに倒れ込むのだった……。

★

「なるほど、そうやって作るのですね」

「そうそう。なおくんは甘さ濃いめのが好きなんだよね」

台所で鹿島さんがハチミツレモンを作るところを眺めながら、私はそのレシピをメモします。もちろん頭にもしっかりと刻み込んでいますが、念には念をです。

「なんかメモまでとって、すごく真面目だね」

「え？　そ、それは……、部員の好きなものを把握しておくのもマネージャーとしては重要だと思っていますから。その……、が、合宿の時とかに必要な情報ですし」

「あー、なるほどね。食べ物の好き嫌いってモチベに関わるもんねー」

私の咄嗟《とっさ》の言い訳に、鹿島さんはすごく納得した様子でウンウン頷《うなず》きます。

「姫咲さんって優秀なマネージャーだって聞いてたけど本当だね。なおくんのこと、これからもよろしくね」

そして屈託のない笑顔でそう続ける鹿島さん。

……本当は、先輩が好きなものは全て把握しておきたかったからなんですけど、なんとか誤魔化せてよかったです。ふぅ……。

とはいえ、実は鹿島さんについてきたのはそれだけが理由ではありませんでした。

鹿島千尋さん。先輩の幼馴染。

実は前から彼女とはお話ししたいことがあったのです。

いえ、話したいことというよりも、訊《き》きたいことといいますか……。

なので、今はちょうどいい機会でした。学校では常に周りに人がいて、部活中は女子バスケのキャプテンとして忙しい鹿島さんですから、ここで二人きりになれるチャンスができたのは僥倖《ぎょうこう》でした。

「あの、鹿島さん。少しよろしいですか？」

「ん、なに？　どうしたの？」

鹿島さんは笑顔でこちらに振り向きます。

大きな瞳に明るく溌剌《はつらつ》とした表情。可愛らしい印象であると同時に、スポーツをしているだけあって身体《からだ》はスッと引き締まっており、さらに背も高いことから女性としてのカッコよさというか、凛々《りり》しさも同時に感じられます。

前々から思っていたことですが、同じ女性の目から見てもとても魅力的な人です。

そんな素敵な人が先輩のお傍《そば》にいる……。それは決して見過ごせない事実でした。

「鹿島さんと先輩は、あの……、幼馴染なんですよね？」

「うん、そうだよ。けーちゃんと合わせて、幼稚園の頃から高校までずっと一緒」

鹿島さんは本当にうれしそうな笑みを浮かべながらそう答えます。

「それは……、羨ましいですね。先輩とはどんな風な関係だったんですか？」

「ずっと仲良しだよ？　なおくんは優しいからケンカとか一度もしたことないし。それどころかなおくんはいっつも私の力になってくれたんだ」

……ほんとに、羨ましいですね。むう。

「三人の中ではなおくんがリーダーみたいな感じで、いっつも私とけーちゃんを引っ張ってくれてたんだよ。あ、今もね」

「そうなのですか？」

それは知りませんでした。そんな印象はなかったので驚きです。

リーダーといえば、早乙女さんや鹿島さんの方がずっとそんなイメージなのですが。

「そ、意外だった？　なおくんはとっても強いんだよ。……今はちょっと、なんだか自信がなくなっちゃってるところがあるかもだけど……、でも本当はすごく強くて頼りになるんだよ、なおくんは。その証拠に、私が今こうやってバスケを続けてるのも、昔なおくんに勇気づけてもらったからなんだ」

「え、それはどういう……」

遠い目をしながら幸せそうな笑顔の鹿島さん。なにかを思い出しているようで、それはとても大事な記憶だということが、傍目《はため》にもわかるようでした。

「あ、ううん、そんなに大したことじゃないんだけどね？　小学生の頃、私ってまだ背が低くてさ、バスケもそんなに上手じゃなかったんだ。なおくんに引っ張られる形でジュニアバスケをやってたんだけど、あんまり伸びなくて……。それで五年生の時に、今までレギュラーだったのに初めてレギュラーから外されて、悔しくて泣いてたんだ」

——そしたらなおくんがこう言って勇気づけてくれたの。

鹿島さんがそう言って、胸に手を当てながら続けます。

「千尋《ちひろ》は絶対に上手《うま》くなるからって。俺が保証するからって。だから諦めず、みんなで全国大会を目指そうって」

それを聞いて、私の心臓がドクリと跳ねます。

先輩がそういう約束をしたということ自体は、この前のお話で知っていました。

でもそれが鹿島さんを勇気づけるためのものだったなんて……。

それに、そのことを語る鹿島さんのうれしそうな笑顔……。忘れているなんてとんでもない。とても大事な思い出として心に抱いているじゃないですか。

その瞬間、私は胸をきゅうっと締めつけられたような気がしました。

「あれ、どうしたの姫咲さん？」

「い、いえ、そんなことがあったんだなと思って……」

「うん。だから今の私があるのはなおくんのおかげなんだ。すっごく感謝してるんだよ」

そのどこまでも無邪気な笑顔に、私の胸はドキドキと早鐘を打ちます。

「……あ、そうだ。実は私も姫咲さんに訊きたいことがあったんだけどさ」

「え、な、なんでしょうか」

「今年の男子バスケって女子からかなり人気あるでしょ？　まあほとんどはけーちゃん目当てだろうけど、それはどうでもよくて……。あの、訊きたいのがさ……」

鹿島さんはモジモジと頬を染めて恥ずかしそうにしていましたが、やがてヒソヒソ話をするように小声で続けました。ここには私達しかいないのに……。

「男バスファンの女子の中にさ、なおくん目当ての子とかいたりするかな……？」

「え」

「べ、別に深い意味はないんだけどさ。もしそういう子がいたら、姫咲さんの方でもちょっと注意しておいてほしいなーって思って。……その、変な意味はなくてね？　なおくんにはバスケに集中してほしいから……。幼馴染《おさななじみ》として心配なんだよ。うん」

そう言って照れたように笑う鹿島さんに、私は無言で目を見開きます。

鹿島さんは言うだけ言うと「あ、そろそろ戻ろっか。冷めちゃダメだし」と、私の返事を待たずに台所を出ていってしまいました。

私もついて行き先輩の部屋に戻ると、なにやら先輩は出てきた時よりもぐったりしているように見えました。……なにかあったのでしょうか？

「はいなおくん、お待たせ」

「ああ、ありがとう……」

先輩は疲れた顔でハチミツレモンを受け取りましたが、それを飲むとふっと優しい顔になって、鹿島さんに笑いかけました。

それを受けた鹿島さんもまた、頰を赤く染めて優しい笑みを先輩に向けます。

たったそれだけの、言葉のいらないやり取り。

私はそれを見て、また胸に息苦しいドキドキを感じます。

だってそれはまるで、幼馴染としての絆《きずな》が形になったかのようで——

「美味《おい》しいんだけど、ちょっと甘すぎない？」

「えへへー、いいじゃん。甘いの好きでしょ？」

「そうだけど、なんか飲むたびに甘さが増してる気がするんだよなぁ……」

私は二人のそんなやり取りを眺めながら、なにも言えずにただ立ち尽くしていることしかできないのでした。

★

「あー、それ絶対好きだよその人。もーべた惚《ほ》れってやつ」

湯気の立ち込めるバスルームの中に、そんな雫《しずく》の声が響きます。

雫は私の目の前で湯船に浸《つ》かりながら、ニシシとイタズラっぽい笑みを浮かべます。

「で、でも、それは単に仲のいい幼馴染だからで……」

私はお湯の中で体育座りをしながらそう反論します。

その声にほとんど力が入っていないということが、自分でもよくわかります。

「いーや、間違いないよ。そういうのドラマとかマンガでもよくある設定だもん。如月《きさらぎ》さんの方はともかく、その女の人は間違いなく如月さんのことが好きだね」

「ふぃ、フィクションと現実を一緒にするのはどうかと……」

「大体さー、お姉ちゃんも実はそう感じてるからそんなにテンションが下がってるんじゃないの?」

雫の言葉に、私は「うっ」と言葉を詰まらせるしかありませんでした。

それはまさしく図星だったからです。

あの後、先輩のお家《うち》を後にして自宅に帰った私は、そこでの出来事を恋愛アドバイザーである雫に相談しました。

アドバイス料として一緒にお風呂《ふろ》に入れと言われたので今こうやって入っているわけですが、そこで告げられたのは温かなお湯とは正反対の、冷水のような厳しい意見でした。

「やはり、鹿島さんは先輩のことを……」

「もうそれ完全にお姉ちゃんのライバルってやつだねー。知ってる? 恋敵って書いてライバルって読むんだよ?」

「知ってますよそんなことは……。でもまさか……、うううぶくぶくぶく」

「ちょっ、お湯ぶくぶくしないでよね! 子供か!」

……だって、だってぇ……。

「はぁ……、ライバルの出現くらいでそこまでショック受けるとかさー、正直言って甘いよお姉ちゃんは。恋は戦争なんだよ?」

「で、でもでも、先輩はバスケ一筋で、女の子のこととかあんまり興味なさそうですし」

「そんなのこの先どうなるかわからないじゃん。如月さんが急に恋に目覚めることだってあるかもしれないんだよ？　それにさ、ぶっちゃけ如月さんってかなりモテると思うんだよね。目立たないから今はみんな気づいてないかもしれないけど、如月さんって優しいしよく見るとイケメンだし、そこがわかる女の子が現れたら、お姉ちゃんみたいにデレデレのデレになっちゃう可能性はあるよ」

「……雫は先輩のいいところをちゃんとわかってますね。でも、だからってあなたが好きになってはダメですからね⁉」

「妹を警戒する前にもっと努力しろっつー話だよ⁉　大体如月さんがバスケ一筋で女の子に興味ないって、それお姉ちゃんにも不利じゃん。自分でなに言ってるかわかってる？」

「……ぶくぶくぶく」

「だから今のうちに如月さんを落とさないといけないってのに、このダメ姉は……。天才的な頭脳の持ち主のはずなのに、なんで恋愛となるとそんなにポンコツなんだろうね」

「雫ぅ……、どうすればいいんですか……」

「仕方ないなぁ。さらにアドバイスがほしいなら、わたしの髪を洗ってもらおうか！」

そう言って雫はシャワーをビシッと指さします。

……なんだか報酬の要求が頻繁すぎませんか？　まあ従うんですけど……。

「ふんふ～ん♪　お姉ちゃんのしゃんぷ～♪」

湯船から出て雫の頭を洗う私。雫は椅子に座って上機嫌で脚をパタパタさせます。

「それでアドバイザーさま、何か助言を……」

「といっても、やっぱお姉ちゃんががんばるしかないよ。さっさと告っちゃえば話が早いのにさぁ」

「こ、こここ、告白だなんてそんなこと……！　だ、大体もし告白なんかして、先輩に拒絶なんてされた、ら……！」

「……お姉ちゃん？　こら、ちょっと想像しただけで死んでる場合か！　どんだけ豆腐メンタルなの⁉」

「……し、仕方ないじゃないですか！　先輩は私にとって全てなんですから、もし告白してフラれようものなら、比喩表現じゃなく私は本当に死んでしまいます！」

「そこで胸を張らないでよ⁉　もう、どんだけ後ろ向きに自信満々なのよ……。はぁ、好きすぎるっていうのも考えものだね……」

　小学五年生とは思えないような発言でため息を吐《つ》く雫。

そうさせているのが他でもない私というのが、我ながら情けないです……。

「あーあ、せめてマネージャーっていう化けの皮をかぶらなくても普通に会話できるようにならないと、何も始まらないね」

「化けの皮って言わないでください。正真正銘マネージャーなんですから」

「１００％如月さん目当てのくせに……。でもマジな話、いつまでもマネージャーのままじゃ進展なんてしないよ？　お姉ちゃん自身として如月さんと話せるようにならないとダメっしょ」

「それはわかっていますけど、私自身を出して接するといってもどうすれば……」

「簡単じゃん。思ってることを素直に言えばいいだけだよ」

「え、先輩にお姫様抱っこされたいとか、先輩の頬《ほ》っぺたをスリスリしたいとか、そんなことを言ってもいいですか？」

「そ、それはさすがにやめとこ？　ね？　……で、でも、もっと控え目にならくら、絶対に口に出すべきだよ」

「控え目にと言われても、先輩の前だとどうしても緊張して……」

「それを克服するための作戦が、この前言ったデート作戦なんじゃん。……結局お姉ちゃんがヘタレでできてないけど」

雫の言葉がグサッと胸に突き刺さります。

同時に、デートに誘おうと思っても言い出せず、結局買い出しに付き合ってほしいと誤魔化した時のことが頭に思い浮かびます。

「で、でも、買い出しという口実とはいえ、先輩と休みの日にショッピングモールに行けたわけですから、これは実質デートと言っていいのでは？　い、いえ、それどころかもう恋人同士といっても過言ではなく――」

「……お姉ちゃん、現実、見て」

「…………はい」

小学生の妹に普通に諭されました。しかも憐《あわ》れみのこもった目で……。

「それも結局はマネージャーとして、でしょ？　進展なんてしてないじゃん。そうじゃなくて、如月さんのことを好きなお姉ちゃんとしてじゃないとダメって言ってるの。だからデートに誘えって、せっかくデートスポットまで調べてあげたのにさ」

雫は不満そうに唇を尖《とが》らせます。でも、私は言い返すことができません。

閉園間際《まぎわ》に打ち上げられる花火を男女が一緒に見ると必ず結ばれる――そんな伝説があるというのが、町の臨海部にある『美園《みその》臨海テーマパーク』です。

雫はそこに先輩と行って一緒に花火を見るよう私に言いました。ですが……、

「だ、だって、先輩とテーマパークに行くなんて、そんなのどう考えてもマネージャーの

仕事じゃないじゃないですか。だから、なんの口実も思いつかなくて……」

「だから口実なんていらないんだってば。……まあいいや。で？　その口実が作れそうだからって妥協してバスケの試合の観戦チケットを買ったわけなんでしょ？　それさえ渡せなかったのはなんで？」

「……もしかしてデートなんじゃないかって、先輩に少しでも勘付かれたらどうしようって思ったから……」

「ああああ、めんどくさい！　我が姉ながらめんどくさすぎる！　勘付かれたんなら勘付かれたでいいじゃん！　デートなんだから！」

憤慨する雫に、私は「ううう……」と俯《うつむ》くしかありません。返す言葉もありません。

「……はぁ、それだけお姉ちゃんにとって如月さんが大事だってのはわかってるよ。でも本当に、どこかで勇気を出さないと先に進めないよ？」

「……はい」

「それで、そのバスケのチケットは？」

「まだ鞄《かばん》の中にあります……」

「アドバイザーとして言えることは一つしかないよ。勇気を出して、そのチケットで如月さんを誘うこと。それもできないようなら、最悪……」

「最悪……、なんですか？」

「このままぐずぐずしてるうちに、他の女の子に如月さんをとられちゃうだろうね」

その突き放すような言葉に、私は目の前が真っ暗になります。

雫としては発破をかけるつもりで言ったのでしょうが、私はその光景を想像して本当に身体《からだ》中が震えました。

……先輩が私以外の女の子に……！　そんなの、そんなの絶対いやです……！

「……わ、わかりました。今度は必ず、先輩にこのチケットを渡します……！　絶対に、勇気を振り絞って……！」

「やれやれ、その意気だよお姉ちゃん。……じゃあアドバイスも終わったってことで、そろそろ頭、流してくれない？」

「待ってください、イメージトレーニングをしないと……！　ま、まず先輩に話しかけるところから……！　ひっひっふー、ひっひっふー……！」

「そこからもう深呼吸しないとなの⁉　ってかそれなんか違くない⁉　それよりも早く頭流してよー！」

雫のそんな叫びがバスルームに響き渡る中、私は愛《いと》しの先輩の姿を思い浮かべながら、何度も何度もチケットを渡す場面を思い浮かべるのでした。

第七章　金色の髪の少女

「うーん……」

風邪がすっかり治った翌日の昼休み。

俺は自分の席に座って物思いにふけっていた。

隣では啓介《けいすけ》が相変わらずオタグループのみんなと萌《も》えソシャゲに興じているが、俺はその輪の中には参加せず、さっきから頭を悩ませていた。

その悩みとは、もちろん姫咲さんのことだった。

……あ、変な意味じゃないからな？　あくまでマネージャーとしての姫咲さんのことを考えているだけで――

……って、俺は誰に言い訳をしてるんだろう……。

ダメだ。なんか頭が空回りしてて思考がおかしくなってる。

ええと、つまりはあれだ、姫咲さんへのお礼についてだ。

そう、お礼。感謝の気持ち。

この風邪が一日で治ったのも姫咲さんのお見舞いのおかげだし、それでなくても普段から俺は姫咲さんにお世話になりっぱなしだった。

姫咲さんは俺のことをがんばってる人だからと応援してくれてるけど、別にがんばってるのは俺だけじゃないし、そもそも姫咲さん自身がマネージャーとしてすごく『がんばってる人』なわけで。

……俺ばかりが受け取ってばかりってのは、やっぱり申し訳ない。

だから何かお返しをしよう――昨日そう思いついて、あの後寝ながらベッドの中でも延々と考えたけれど、これといったアイデアは浮かばなかった。

お菓子とかを買って贈る？ ……いや、なにかしっくりこないんだよな。

もっとこう、姫咲さんが喜んでくれるようなことはないか？

姫咲さんが……、女の子が喜んでくれそうなもの………。

「…………うーん」

ダメだ、思い浮かばない。千尋《ちひろ》と母親以外の女性とはほとんど縁のない人生だったからか、女の子について考えても何もアイデアが出てこない。

……我ながら、改めて考えると悲しすぎるな。

「おい、さっきからなにうんうん唸《うな》ってんだ？ まだ風邪が治ってないのか？」

とその時、いつの間にか啓介が談笑を終えて俺の正面に座っていた。

「いや、そういうわけじゃなくて……」

俺はなんでもないと首を振ろうとしたが、その時ふと気がつく。

……そうだ。目の前にいるじゃないか。女の子の扱いに慣れたやつが。

何度も言うが俺の親友はモテる。それはもう尋常じゃないくらいモテる。

本人があんまり女性に興味がないから（というか自分が可愛《かわい》くなることしか興味のないアレなやつだから）女の子と付き合ったりはしてないけど、それでも誘われて一緒に遊んだりは普通にしてる。

「なあ啓介、ちょっと今いいか？」

啓介に相談しよう。啓介ならきっと参考になる意見をくれるに違いない。

そう思った俺は、若干前屈《まえかが》みになりながら小声で話を始めた。

「ん、なんだ？　もしかして撮影会の話か？　そうかそうか、やっと引き受けてくれる気になったか。そうと決まれば俺に任せろよ。お前のカワイイを完璧に引き出してやる。どうせなら写真集でも出して、世界中にお前の可愛さを見せつけてやろうぜ」

「一ミリもそんなこと言ってないのに強引に話を進めるのはやめろ……！」

……これさえなければ、本当にいいやつなんだけどなぁ。

「違うのかよ。じゃあなんの話だ？」

「実は……」

俺は今抱えている悩みをかいつまんで説明する。

普段からなにかとお世話になってる女の子がいて、最近も力になってもらった。

でもこっちはしてもらうばかりで何もお返しできていない。何かお礼をしたいんだけど、どうしたらいいかわからない——

……うん、かいつまんで話すとマジでシンプルだな。それだけに、そんなシンプルなことさえ自分でなんとかできないのが情けないところだ。

「ふうん？　お世話になってる女の子、ねぇ……」

話を聞いた啓介は少し意外そうな顔を見せたが、俺はそこでハッと気がつく。

こんな話をしたら、じゃあその女の子って誰だって当然訊《き》かれる。どうしよう？

「……直輝もようやくそういう………。まあいいけど、お礼か」

だけど啓介は意外にもそこはスルーして話を続けた。

「そもそもなんでそんなこと俺に訊くんだよ」

「いや、だってお前、女子ともよく遊んでるだろ？　女の子の気持ちとか、喜びそうなことか、俺よりはわかるはずだと思ってさ」

「んなこと言われても、考えたこともないな。大抵向こうで勝手に盛り上がってるし、俺が何しても楽しそうだし、女子ってそんなもんじゃねーの？」

「…………」

……えーと、人選をミスったかもしれない。

啓介がハイスペックすぎて参考にならない可能性を失念してた……。

「そもそも女の子って言っても一人一人違うし、その子の好みに合わせるのが一番だろ」

「それはそうだろうけど、好みとかよくわからないしな……」

「そんなの普段の会話で相手が好きだとか欲しいだとか言ってたものを思い出せばいいだけだから、楽勝だろ」

……そりゃナチュラルにそんなことできたらモテるだろうな。お前みたいに。

そもそも俺達は居残り練習で一緒にいる時間は長いとはいえ、基本的に話すことといったら部員とマネージャーの関係上のことだけで、個人的な話をしたりはしない。

姫咲さんの好きなもの……か。何があるんだろう……。

本人に訊けば早いんだろうけど、なんとなく気後れする。

それは部員とマネージャーという今の関係を飛び越える行為に感じられて、そんな大それたことはできないという思いが強くある。

姫咲さんはあくまでマネージャーとして俺に親切にしてくれているだけなのだ。そこを勘違いするのは、信頼を裏切る行為に他ならない。

「なにかプレゼントでもって考えたけど、なにを贈ればいいかわからないし。だから啓介に、一般的な女の子の好みとか教えてもらおうと思ったんだけど」

「まあまあ、もっと頭を柔らかくしようぜ。プレゼントっていっても、なにもモノだけじゃねーだろ。たとえばどっかに連れて行くとか食事に誘うとか、そういう経験だってプレゼントにはなるだろ」

「な、なるほど。さすが——……って、待てよ？」

啓介の意見に感心しかけた時、俺はふとあることを思い出す。

あの日、姫咲さんと買い出しでショッピングモールに行った日だ。

その帰りにとあるカフェの前を通りかかった時、姫咲さんは立ち止まって興味深そうな目で見ていた。結局そこには入らなかったけど、もしかして姫咲さんはあのカフェに行ってみたいんじゃないだろうか。

「どうした直輝？　なにか心当たりでもあったか？」

啓介にそう訊《たず》ねられ、俺はそのカフェのことを口にする。

「へえ、なるほどね。いいじゃねーか。そこに誘ってみれば」

「ああ、俺もいい考えだとは思うんだけど……、一つ問題があって」

「問題？」

「そのカフェってのは、なんというか、その……、カップル向けな感じの場所でさ。そんなところに誘って変に思われないかなって……」

俺がそう言うと、啓介は呆《あき》れたような顔を見せる。

「別に下心を持ってるわけじゃないんだからいいだろ？　お前は純粋に感謝の気落ちを伝えたいってだけなんだし、だったらそれで堂々としてりゃいいじゃねーか」

「それはそうだけど……。もしＯＫもらっても、楽しんでもらえるかどうか……」

「……あのなぁ直輝、お前もっと自信を持てよ。そう思うんなら、そのことも全部ひっくるめてその子に話したうえで誘えばいいじゃねーか。それで断られたらその時はその時だろ？　自分にできることを全部やった結果だ」

啓介の言葉に、俺は痛いところを突かれた気がした。

……そうだ、結果的にそれで断られても、それしかできることがないんならそうするしかないよな。

「……わかった。やってみるよ」

「よし、それでこそ俺の親友。これで相談は無事終了ってわけだな」

「あ、ちょっと待って。そうなるとまた一つ問題が出てきた。誘うとなると、そのカフェをあらかじめ下見しておきたい」

「下見？　なんでまた？」

「万全を期したいというか……、彼女を誘うと決めた以上は、できるだけちゃんとしておきたいんだよ」

「ふーん、そこまで……。慎重だな。お前らしいといえばらしいけど、でもなんでそれが問題なんだ？　すればいいじゃねーか、下見」

「だから、さっきも言った通りそのカフェってのはカップル向けでさ、特に男一人で行くのはキツそうなんだよ。でもどうしようもなければ行くしかないんだけどさ……」

「なんだ、そんなことか。だったら簡単だろ？　お前が女になって行けばいい。俺のクローゼットから好きな服を持って行け」

「余計ハードル高くなってるだろ⁉　俺の屍《しかばね》を越えていけ的にカッコよく言うな！」

「ったくしゃーねーな。わかったよ。じゃあ俺が女になる。そしたら見事にカップルだからどこもおかしくないな！」

「お、おかしいところしかない……」

女装したまま外に出てテンションの上がった啓介が、トンデモナイことをしでかすのは目に見えていた。……軽く想像するだけで地獄だ。

「……まあ真面目な話、千尋に頼めばいいんじゃねーか？」

やがて、啓介《けいすけ》は少し落ち着いた様子でそう提案した。

「あ、そうだな。千尋にお願いしてみるって手があったか」

「……いや、やっぱ俺のが適任だな。安心しろ、立派なカップルを演じてやるから全然不自然じゃないぜ。で、どんな服装が好みだ？」

「だからやめろって！　だったら男二人で行った方がまだマシだ！」

「またまたー、冗談が上手いな直輝は」

……思いっきり本気で言ったのに、まるで伝わっていない。

俺はそんな啓介に脱力しながらも、やると決めた以上はとにかく突き進むしかないと、改めて決意を固めるのだった。

★

「先輩、一緒にバスケの試合を観に行きませんか？　先輩、一緒にバスケの……」

私は口の中で何度もそう呟《つぶや》きます。

先輩をお誘いするためのイメージトレーニングですが、もう昨日からどれくらい繰り返したかわかりません。それでも落ち着くどころか緊張は増すばかりです。

今は部活の前。これから練習が始まります。このタイミングでなんとか先輩にチケットを渡したいと思う私。本当は先輩と二人きりになれる居残り練習の時がベストなのでしょうけど、そこまで緊張を持続すると心臓がどうにかなってしまいそうでした。

「あ、先輩……」

そうして体育館の入り口で待っていると、間もなく更衣室に向かおうとする先輩が他の部員と一緒にやって来ました。ドキッと一際《ひときわ》大きく胸が高鳴ります。

なんとかお一人になる機会は訪れないでしょうか——そう考えていると、意外なことに先輩の方から私に近づいてきたじゃないですか。

普段なら、あまり部活中は話しかけてもらえないのですが、どうしたのでしょう？

もしかして私の願いが天に届いたのでしょうか？

「姫咲さん、ちょっと話があるんだけど、今大丈夫？」

「は、はい、なんでしょう」

「その……、今日の居残り練習はなしにしたくて」

「え、それはどうしてです？」

意外な言葉に、私は思わず真顔で訊き返します。

居残り練習がないということは、なんとしてでも今この場でお誘いしないと——内心でそう焦《あせ》りつつ、先輩の次の言葉を待ちます。

「ちょっと用事があって。た、大した用事じゃないんだけど」

ですが先輩は妙に歯切れが悪くて、それに私からやたらと目を逸《そ》らします。

その不自然な態度に、私はなにか違和感を抱きました。

「それって何の用事か、訊いてもいいでしょうか？」

そのためか、私は無意識のうちにそんな質問をしていました。不躾《ぶしつけ》だとはわかっていましたが、先輩の様子に訊かずにはいられなかったのです。

「い、いや、本当に大したことじゃなくて……。と、とりあえずそういうことだから」

「あ、先輩」

しかし先輩はそう言って、足早に行ってしまいました。

その姿はまるで私から逃げているようで——私はさっきまでの緊張も忘れ、なにかおかしいと訝《いぶか》しみます。この前も一度、先輩のご都合で居残り練習が休みになったことはありましたけど、その時はあんな挙動不審ではありませんでした。

……なにか、私に知られたくない用事なのですか？

そう考えた瞬間、私はあることを思い出します。

この前居残り練習がなくなった次の日、先輩のスマホの画面にチラッと見えた謎の女の子の写真。一瞬しか見えませんでしたが、とても可愛《かわい》らしい子だったような気がします。結局その写真のことはうやむやになってしまいましたが、今ふとそのことが頭をよぎったのです。そして猛烈な不安が私を襲いました。

……もしかして今日も、その子のことで？

それはなんの根拠もない、憶測ともいえない程度の思い付きでした。

でも先輩が知らない女の子と笑っている光景を想像しただけで、私の胸はきゅうっと締め付けられます。様々な妄想が頭を駆け巡り、そうして最後に残ったのはただ一つ。どうしても確かめたい、という思いだけでした。

「それじゃ姫咲さん。今日は勝手にごめんね」

部活終了後、先輩はそう言って足早に去って行きました。

その姿を見送った私は、しばらくしてから動き出しました。先輩を見失わないよう、しかし距離を取りながらついて行きます。

そう、尾行です。先輩がどこへ向かうつもりなのか、それを確かめるのです。

……言っておきますがこれは、先輩がいかがわしいことに巻き込まれていないかを確認するためのものであって、決してストーカー行為ではありませんからね？　あ、あくまでも先輩のためを想《おも》っての行動です。

私がそんな、誰に向けての言い訳かわからないようなことを考えながら、先輩の後をつけていると、

「お待たせなおくん！　ね、ね、早く行こ！」

「そんなに急《せ》かさなくても大丈夫だって」

間もなく鹿島さんがやって来て先輩と合流し、そのまま一緒に歩き出しました。

私はその光景に軽く衝撃を受けます。

……鹿島さんと一体どこへ？　居残り練習を休んでまで……？

心の中に不安が渦巻いてきましたが、私は気を取り直し二人の尾行を続行します。

先輩と鹿島さんは幼馴染《おさななじみ》。一緒にどこかに出かけるという行為自体は別におかしいことじゃない——そう自分に言い聞かせながら、私はさらに細心の注意を払って先輩達の後をつけます。

行先《ゆきさき》は、すぐに判明しました。

先輩達はショッピングモールへと入って行ったのです。そう、この前先輩に買い出しに付き合っていただいた、あのショッピングモールです。

……なにかお買い物でしょうか？

そう思って私も間をおいてからモール内へと足を踏み入れます。しかしやがて、お二人が向かう先がハッキリとわかった時、私は大きな衝撃を受けたのです。

「うわー、ここなの？　すっごく可愛いじゃん！」

鹿島さんが目を輝かせているその先にあるもの。

それは、私が先輩と一緒に行ってみたいと憧れたあのカフェでした。

皆が楽しそうに談笑し、写真を撮ったりケーキを分け合ったり……。カップルと思《おぼ》しき男女も多くいて、とても幸せそうな笑顔が溢《あふ》れた素敵な場所。

あんなところで先輩と楽しくお茶ができたなら――

そう思いつつも恥ずかしくて言い出せず、結局夢で終わってしまっていました。

そこに今、先輩は足を踏み入れます。けれど隣にいるのは私ではなく鹿島さんでした。

気がついたら、私はそこから背を向けて走り出していました。

ショッピングモールを出て、全速力で街を走り抜ける私。

そうしてそのままの勢いで、私は自分の家に駆け込みます。

「お姉ちゃん？　どうしたの？」

先に帰っていた雫《しずく》がそんな私を見てビックリした様子でしたが、私は何も答えずに自分の部屋に向かい、そしてベッドに飛び込みます。

ドキドキと、心臓が痛いほど動いているのがわかります。

呼吸が速く、なのになぜか息苦しくて、私はしばらくベッドの上で動けずにいました。

けれどしばらくして、私はなんとか落ち着きを取り戻します。冷静に、冷静にと何度も自分に言い聞かせながら、私は頭の中で言葉を組み立てていきます。

「……そ、そうです、早とちりしてはいけません。あれは………、そう、なにか事情があってのことです」

鹿島さんと一緒にカフェに入る先輩の姿を思い浮かべながら、私は続けます。

「先輩と鹿島さんは幼馴染同士……。一緒にどこかに出かけるなんて子供の頃からの当たり前の行為ととらえるべきです……。今日、あのカフェに行ったのだって偶然で、単に軽食をとりにいったのかもしれない。深い意味はないかもしれないじゃないですか……」

どこか自分に言い聞かせるような感じで、私はそう呟きます。

……そうです。予断は禁物です。思い込みで落ち込んでいる場合ではなく……、そう、確かめないといけません……！

明日《あした》です。明日先輩に訊《き》いてみるんです。昨日はどこに行っていたんですか？　と。

なにもやましいことがなければ、鹿島さんとあのカフェに行ってきたと普通に答えてくれるはずです。あっけらかんとした感じで答えてもらえれば、じゃあ私も行ってみたいと便乗して言えるかもしれませんし。

相変わらず胸はドキドキと早鐘を打っていますが、私はなんとかそう考えて落ち着きを保とうとします。

「お姉ちゃーん？　なにかあったのー？　チケットは渡せたー？」

ドアをドンドンと叩《たた》きながら、部屋の外で雫がそんなことを言う声が聞こえてきます。

そうでした。チケットも渡さないと。

明日は先輩に今日のことを確認して、なんでもないってことがわかって、それからチケットを渡してお誘いしないと。やることがたくさんあります。

私はそんなことを考えながら、なおベッドの上で横になったままでした。

心臓の鼓動だけが妙にハッキリと聞こえて、私はその日、夜遅くまで眠ることができませんでした。

そうして翌日、部活が始まる前。

「せ、先輩」

「あ、姫咲さん、どうしたの？」

私は努めて何気ない感じで、先輩に話しかけます。

なんでもないことなんですから、深刻になる必要なんてないんです。

サラッと聞いてサラッとおしまい。そのままサラッとチケットをお渡しすればそれで済むことです。

そう考えながら、私は先輩に訊《たず》ねます。

「昨日は聞きそびれちゃいましたけど、放課後の用事って何だったんですか？」

実は千尋《ちひろ》とカフェに行っててさ――そんな感じで、なんでもないことのように答えてくれる先輩の姿を、私は心の中で祈っていました。

ですが、

「え？　べ、別になんでもないよ？　ほんと、大した用事じゃなくてさ」

返ってきたのはそんな答えと、あからさまに目を泳がせる先輩の姿。

ズキリという痛みが、全身に広がっていきます。

「そ、そうなんですか」

「う、うん。マジで、姫咲さんには関係ないことで――……あ、いや」

続くその言葉に、またズキリと胸が悲鳴を上げました。

私はなんとかそれを無視して「そうだったんですね」と笑おうとしました。

でも顔はひきつったように動かなくて、声もまともに出せません。

そしてようやく口から漏れ出たのは、自分でもわかるくらい震えた言葉でした。

「……そう、ですよね。わ、私は、ただのマネージャー、ですし……！」

次の瞬間、私は先輩に背を向けて走り出していました。

「姫咲さん⁉」

先輩の驚いたような声がしましたが、私の足が止まることはありませんでした。

私は体育館を飛び出し、廊下で壁に手をついて息を整えます。

胸に手を当てた時、クシャリとブレザーのポケットから音がしました。

取り出して見てみると、そこには折れ目だらけになったチケットが二枚。

「……どうしてこんなことに」

段々と視界がボヤけてきて、チケットの文字が滲《にじ》んでくるのがわかります。

その時背後に人の気配を感じて、私は反射的にそのチケットを近くのゴミ箱に放り込むと、また駆け出しました。

廊下を抜け、校舎を出て、やがて学校をも後にして走り続ける私。

どこに向かっているかなんて考えていませんでした。ただひたすら、この場から逃げ出したいという思いだけがありました。

頭の中では「どうして、どうして」という単語がただひたすらにグルグルと回り続けていました。走っているのに全身が冷たくなっていき、息苦しさだけがやけにハッキリと感じられました。

周囲の音がどこか遠くに流れていくような感覚。

この世界でひとりぼっちになったような、そんな絶望感が私を襲います。

まるで昔の自分みたいだ、と感じた時、私は思い出しました。

今から一年とちょっと前、先輩と出会った、ちょうどあの頃のことを。

あのたった一人の世界から、先輩が私を救い出してくれたはずだったのに――そう考えた瞬間、私の意識は過去へと飛んでいったのでした。

★

私は小さな頃、両親のことが大好きな子供でした。

特にお父さんのことが大好きで、どこに行くにもくっついていくほどでした。

お父さんは大学の数学科の教授をしていて、家でもずっと書斎にいて研究に没頭しているような人でしたが、そんな熱心に仕事に取り組んでいる姿を見るのも好きでした。

私は常にお父さんの書斎に入り浸っていました。

お母さんから「お父さんのお仕事の邪魔しちゃダメよ」と言われても聞きませんでした し、お父さんもまた私がいることを笑って許容してくれました。

お父さんは自分が研究している内容について「わかるかな?」と楽しそうに話しかけ、私はニコニコと笑いながらそれに耳を傾ける。

そんな穏やかで温かい時間が、私は大好きだったのです。

そうやって私は大きくなっていき、もうすぐ中学生になるという頃でした。

その頃、お父さんはとある大きなテーマに取り組んでいて、今まで以上に研究に力を入れていました。

しかしその研究はなかなか思う通りには進まず、お父さんはそのことに苦しんでいました。家でも難しい顔でいることが多くなり、口数も減って、私にお話をしてくれる機会も次第になくなっていきました。

私はそれが寂しくて、なんとかお父さんの力になれないかと考えました。

お父さんが取り組んでいる研究について調べ、文献などにも目を通し、ネットで外国の大学の動画なんかも見たりして、自分なりに勉強をしていったのです。

そんなある日、私の望みはかなうことになります。

当時、書斎にあった黒板には、研究に関する数式がビッシリと書き込まれていました。

その中にふと、別の解釈ができる部分を発見した私は、大喜びでそれをまとめ、帰ってきたお父さんに披露しました。

当然、喜んでもらえると思っていました。

しかし、返ってきた反応は思っていたのとは違っていたのです。

お父さんは呆然《ぼうぜん》としていました。

呆然と立ち尽くし、そしてほんの一瞬、ひどく打ちのめされたような顔をしたのです。

その後、お父さんはやっと笑ってくれました。笑って私を褒めてくれました。

けれどその笑顔はどこか乾いていて、そして遠くにあるように見えたのです。

「真耶《まや》は天才だったんだね」

その頃から、私と両親の関係は少しずつ変わっていきます。

表面的には何も変化はないように見えました。

両親も変わらず私のことを愛してくれていたのは間違いありませんでした。

ですが、お父さんはもう以前のように、私とお話ししなくなりました。

お父さんが今取り組んでいる研究について訊ねても寂しそうな顔で笑って目を逸《そ》らすばかりで、どこか私を避けるような感じになり、お母さんもそんなお父さんに合わせるように、私に対してどこか余所余所《よそよそ》しくなっていきました。

私は当初、その変化に困惑していましたが、何か努力している姿を見せれば昔みたいにまた褒めてくれるのではないか——そう信じた私は勉強に打ち込み始めました。今まで興味がなかった全国模試なんかも受けてみて、一桁台の順位という結果も出しました。

しかし私がそのことを報告しても、両親はどこか寂しいような、困ったような顔を見せるばかりでした。

一方で、両親は妹の雫《しずく》のことは純粋にとても可愛《かわい》がっていました。

雫は勉強があまり得意ではありませんが、いつも元気で明るくて、運動が大好きな活発な子でした。たまにテストで80点くらいをとってくると、お父さんもお母さんもよくできたねと笑っていました。

その笑顔は、以前は私にも見せてくれていたような心からのものでした。

それを見た私は、両親に見せようと思って持ってきた全国模試の結果表を何も言わずに捨てたのでした。

妹の雫とも、どちらからともなくお互いに避けるような関係になっていき、家の中で家族に囲まれているにもかかわらず、私は次第に孤独になっていきました。

そして孤独なのは学校でも同じことでした。

――天才なのになんでこんなとこにいるの？

その頃私は地元の公立中学に通っていましたが、そういった言葉を何度投げかけられたかわかりません。けれどそれもやがては聞こえなくなりました。私に話しかける人がいなくなったからです。

小学校時代の同級生も、もう私には見向きもしなくなりました。

けれど嫌われているわけではないのはわかっていました。ただみんな、私をどう扱っていいのかわからなかったのです。そしてそれは先生達も同じでした。

家の中でも一人。学校でも一人。

中学二年生になる頃には、まるで自分が幽霊にでもなったような気分になりました。

私なんて、別に存在しなくたっていいんじゃないか。

そんな思いが積もっていき、そして中学二年生の年明け早々、私はついに行動を起こしました。といっても、やったことといったら髪を金色に染めただけですが。

結果としていうと、その行動には意味はありませんでした。

金色になった私の髪を見ても、お父さんとお母さんは困ったような顔をするばかりで何も言わなかったのです。

驚いたのは、学校側も同じ反応だったことです。

一応先生には事情を聴かれましたが、私が特に理由はないと答えると、それ以降はもう言及しなくなりました。校則で禁止されている行為なのに放置したままで、生徒達も最初はビックリしていたようでしたが、それもやがて誰も気にしなくなりました。

半ば予想はしていました。でも、やはりショックでした。

そんな折にテストがあって、私は全ての教科で名前欄に記入をせずに提出しました。

それは、幽霊に名前なんていらないだろうという軽い考えでしたが、なんとその答案は名前欄が空欄のまま、全部私の手元に戻ってきました。

理由は、満点だから。

それを知った時、私はもう何もかもがどうでもよくなって、立入禁止という張り紙を無視して校舎の屋上に出ました。身を切るような寒い風が吹いていましたが、それさえもどうでもいいことでした。

私はフェンスの方に近づいて、ぼんやりとそこからの景色を眺めました。

何がしたかったわけでもなく、ただ何もしたくなかっただけでした。

ですがその時ふと、一人の男子生徒の姿が目に留まったのです。

その男子生徒は、普段は誰も来ないであろう薄暗い校舎裏になぜか一人で佇《たたず》んでおり、腕にはバスケットボールを抱えていました。

服装もユニフォームを着ており、どうやら彼はバスケ部員のようでした。

何気なく眺めていると、その男子生徒は一人で練習を始めたのですが、既に部活動の時間は終了していたので、私は妙だなと感じました。

そこでしばらくの間、私はその男子生徒を観察しました。バスケットボールのことはよく知らなかったのですが、素人目《しろうとめ》にもその動きは悪いものには見えませんでした。

ですがよく見ているうちに、ふとあることに気がつきます。それは、バスケットボールをやるにしてはやや身長が小さいのではないかということです。

そう思って見てみると、やはりその男子生徒の背はハッキリと小さめでした。私とあまり変わらないくらいの背丈しかありませんでした。

普通にしていれば気になるほどのことではありませんでしたが、バスケットボールという身長の高さがモノをいうスポーツをしているだけに、その小ささは目立ちました。

そこで、私はなるほどと納得します。

バスケットボールをしているけど、背が小さいので活躍できない。

だからそれを覆《くつがえ》すために、部活が終わった後もああやって練習しているのか――

「……バカみたい」

納得すると同時、口から自然とそんな言葉が漏れました。

そんなことをしたところで、身長というどうしようもないハンデを覆せるはずもない。

よしんば覆せたところで、そんなの一時的なもの。

すぐに現実の壁にぶつかって挫折するに決まっているのに。

本当にバカみたい——そう思ったところで、その男子生徒への興味はなくなりました。

同時に、心の中にあった虚《むな》しい気分がさらに大きくなった気がしました。

私は鞄《かばん》の中から答案を一枚取り出すと、適当に折りたたんだ後、フェンスの向こうへと投げ捨てました。

どうしてそんなことをしたかわかりませんでした。ただしたいからしただけでした。

でもそうすると少しだけ満足したような気になって、私は屋上を後にしました。

そうしてそのまま学校を出ようとしたのですが、

「ちょっと、そこのきみ」

その瞬間、そう言って呼び止められたのです。

「これ、きみのだろ？　落とし物」

振り向くと、そこにはさっき見ていた男子生徒が立っていました。

手には私が投げ捨てた答案を持ち、真っ直《ます》ぐに私を見据えていました。

それが——他ならない、先輩との出会いだったのです。

「あれ？　もしかして違った……？」

私が無言のままでいると、先輩は少しばつが悪そうな顔になりました。

想定外なことに私は少し呆然としていましたが、やがて気を取り直すと冷めた心のままこう返しました。

「そうだけど、いらない」

すると先輩は、今度は怪訝《けげん》そうな表情で答案と私を交互に見ました。

「……いらないって、どういう意味？」

「そのままの意味。それはいらないから捨てたの」

「いや意味わかんないから。この答案、満点じゃないか。こんなすごいもの、なんで捨てるんだよ」

すごいだなんて、随分と久しぶりに聞いた言葉でした。

誰もが、私が満点を取ることなんて当たり前だと思っていました。おそらくこの人は私のことを知らないのでしょう。だからそんなバカなことが言えたんです。

「いらないからって言ったでしょ」

私は不愉快な気分になりながら再びそう返しましたが、先輩はやっぱりわけがわからないといった顔をするだけで、やがて半ば無理矢理答案を手渡してきました。

「満点なんて俺、もう随分とったことないよ。大事にした方がいい」

そしてそれだけ言い残すと、風のように走って行ってしまったのです。

私はムッとしつつも呆気《あっけ》にとられ、答案を手にしたまましばらく立ち尽くしていましたが、やがてそれを鞄に入れて帰りました。捨てる機会を失ってしまったからです。

そうして次の日、私はまた放課後の同じ時間に屋上に行きました。

先輩はまた、昨日と同じ場所で一人居残って練習をしていました。

やっぱりバカみたいと思いつつ、私はまた答案を投げ捨てました。すると今度は先輩の目の前に落ちて、見上げた視線とバッチリ目が合いました。

「……またきみか！」

しばらくして、先輩は屋上にやって来ました。

走ってきたらしく息を荒らげて、でも表情はどこか呆《あき》れたようで。

私はそんな先輩の姿がなんだか面白くて、クスリと笑みが漏れました。

……笑うのは、随分久しぶりだったかもしれません。

「だから、なんで答案なんて捨てるんだよ」

「いらないからって昨日も言った」

「……いやもう、何もかも間違ってるから。満点の答案がいらないってのも、それを屋上から投げ捨てるってのも、全部おかしいだろ」

「じゃあゴミ箱に捨てればいいの？」

「屋上からというより、捨てること自体が重点的におかしいだろ！　……ったく、ほら、ちゃんと持って帰れよ」

先輩はそう言って、昨日と同じように答案を手渡してきました。

真っ直ぐ私の方を見て「二度とするなよ」と釘《くぎ》を刺してきますが、私はもちろん内心で舌を出していました。

そうして次の日も、またその次の日も、私は先輩の姿を捜しては、答案を屋上から投げ捨て続けたのです。

先輩はその度に、律儀《りちぎ》に拾って私に届けてきました。

そんな義理なんてあるはずもないのに、捨てるたびに何度も何度も。

その度に先輩は、呆れたり怒ったりしながら私に手渡して「今度やったらもう知らないからな」とお決まりのように言うのですが、それでもやっぱり捨て続ける私に、先輩も付き合い続けるのでした。

私は次第に、そんなやり取りを楽しみにしている自分に気がつきました。

その頃私は授業にも出ず、登校しても図書室で一人過ごすことが多かったのですが、ある日そこの窓から先輩が体育の授業を受けているのを見つけて、いつの間にかジッと見入っていました。

先輩への興味が出てきて、私は彼がどんな人なのかを調べてみました。するとと三年生の如月《きさらぎ》直輝という男子生徒なのだとわかり、その時初めて彼が『先輩』だったんだということがわかったのです。

私の興味はさらに強くなっていきました。そうして気がついたら、私はごくごく自然に先輩のことを目で追うようになっていました。

その過程で、いろいろとわかったこともありました。

先輩はやはりバスケ部所属で、身長のせいでレギュラーになれないでいること。

でもそこで諦めず、一人で居残り練習をし続けていること。

最初はバカなことだと思っていたその行為も、次第に見え方が変わってきました。

乗り越えられない壁をなんとか乗り越えようとするその姿勢が、なんだか私の胸をざわざわとさせたのです。

その頃になると、私は先輩と随分打ち解けるようになっていました。

といっても私が答案を捨てて、それを先輩が拾ってくるという関係は変わらないのですが、その過程で少しずつお話をするようになっていったのです。

「はぁ……、きみもこりないな。なんでこんなことするんだよ」

「さあ？　こりないのはそっちも同じでしょ？　先輩」

「な、なんだよ急に」

「今まで気がつかなかったから。背も同じくらいだし」

「……人が気にしてることを。もう答案、拾ってきてやらないからな」

「だから頼んでないし。でも、次もよろしくね先輩」

とはいえその内容は踏み込んだものではなく、まるで子供同士がじゃれ合っているかのような他愛のないものでした。自分達のことはお互い何も話さず、私なんて二年生だということ以外は名前さえ名乗りませんでした。

答案を捨て続ける変な後輩と、一人居残り練習を続ける先輩。

そんなわけのわからない関係でしかなかったのですが、それでも私はとても楽しかったのです。先輩はそんな私を見て呆れていたようでしたが。

「……ねえ、先輩」

けれどそんなある日のこと、私はついに我慢しきれず一歩踏み出します。

「先輩はどうしてあんなことを続けるの？」

「あんなことって？」

「一人で居残って練習して……、誰も見てないのに、あんなの無駄な努力だと思う」

それは随分と不躾《ぶしつけ》な質問でしたし、自覚もありました。

もしかしたら先輩は怒るかもしれないと思ったけれど、それでも私の強い興味が、そう訊《たず》ねずにはいられなかったのです。

先輩はそんな私の質問に怒るでも不機嫌になるでもなく、真剣な顔でしばらくの間考えていました。

「……うーん、無駄な努力とは思ったことないんだよな。俺がやりたいって思ってるからやってることであって……。もっと正確に言うなら、俺にできることはこれしかないからやってるって感じで」

「なにそれ」

「それにさ、誰も見てないってのも違うだろ？」

「え？」

「こうやってきみが見ててくれたじゃないか」

笑顔でそんな答えを返す先輩に、私は何も言えませんでした。

呆れたような、それでいてストンと何かがお腹《なか》の中に落ちてきたような……。

気づいたら、私は自分のことを先輩に話していました。

きっかけとなった出来事、家族との不協和音、そして周囲とのズレ。

誰も私を見てくれない。まるでいないもののように扱う。その寂しさ、悔しさ……。

どうしてこんなことをこの人に話しているんだろうと思う自分もいました。けれどそんな考えはすぐに吹き飛んで、私はここ数年の悩みを全て先輩に打ち明けたのです。

「……そんなことがあったのか」

先輩は笑うでもバカにするでもなく、真剣な顔で私の話を聞いてくれました。

そして難しい顔でいろいろと思い悩んだ後、こう言ったのです。

「なんかさ、聞いてて思ったのは『誰も悪くない』ってことなんだよな。お父さんもお母さんも、周りの生徒も先生も、もちろんキミ自身もさ。話を聞く限り、誰もキミを傷つけようとしてやってることじゃない気がするんだよ」

……なんていうか、難しいんだけど……と、先輩は言葉を選んで続けます。

「ボタンの掛け違いなんだと思う。なんか少しずつズレていっちゃってるんだ。だからそのズレを一つずつ直していくしかないよ。まずはお父さんのことから」

「でも、どうすれば……」

「正直に自分の気持ちを話すしかないと思うな。……自分はこういう気持ちでこうした。

そしたらこうなって、今度はこう感じた――そうやって、一つ一つ自分の気持ちを伝えるしかないんじゃないかな」

それは、実は自分でも薄々感じていたことでした。

今それが、先輩の口を通して出てきたことに、私は不思議な気持ちでした。

なんだか先輩に支えられているようで、胸の中に温かな感触が広がります。

けれど同時に、強い不安も感じられたのです。

「……そうかもしれない。でも、怖い」

「怖い？」

「本当にわかってもらえるか、怖い……。今までずっと、誰も私のことなんて見てくれなかったから、今更話なんて聞いてもらえないかもしれない……」

「それは大丈夫だよ。俺は今こうやって話を聞いただけで、きみの気持ちがすごくよくわかった。だから、きっとお父さんやお母さんにも同じように伝えられるはずだ」

「……どうして、そんなこと断言できるの？」

「きみは今、誰も自分のことを見てくれないって言ったけど、それは間違いだからさ。俺が今、こうやってきみを見てる。きみがどれだけ悩んで、そしてがんばろうとしてるか、俺が知ってる。だろ？」

「あ……」

どこまでも優しい笑顔でそう告げる先輩。

その言葉を聞いた時、私はドクリと自分の鼓動を聞いた気がしました。

相変わらず不安はあります。でも同時に、なんだか身体《からだ》の奥から勇気が湧いてくるような感じがして……。先輩が見てくれていると思うと、それだけで何でもできそうな気になってくるのでした。

「……無駄な努力なんてないし、がんばる人はきっとどこかで誰かが見てる。だから、絶対に諦めちゃダメだ」

最後に先輩が真っ直《ます》ぐ私を見据えながらそう言います。

私は立ち上がり「ありがと、先輩」とたどたどしく頭を下げます。

「やっとまともに『先輩』扱いされた気がする」

すると先輩はそう言って笑いました。私も一緒に笑いました。

そうして私は、先輩の言葉を胸に自宅に帰りました。

私の居場所のない家。逃げ出したかったけれど、私は先輩からもらった勇気を胸に、もう随分と訪れていなかったお父さんの書斎に足を踏み入れました。

驚くお父さんに、私は全てを語りました。これまで私が感じてきたことを、全て。

お父さんは最初戸惑っていました。でも私は気にせず続けました。私自身の気持ちを口にすると同時に、お父さんの気持ちも教えてほしいと懇願しました。

お父さんはなお躊躇《ためら》っていたようでしたが、私は先輩の笑顔を思い出しながら、さらに一歩踏み込みました。

そして、お父さんはそこで初めて、私が怖かったのだと語りました。

行き詰《づ》まっていた壁を幼い娘が軽く越えていった事実。

そして学者としてのプライドの揺らぎ。

どう接すればいいかわからなかった、とお父さんは言いました。

娘の成長を喜ぶ気持ちも確かにあったけど、それを表に出すことができなかった。

そのことが負い目になって、しかしどうすることもできず、気づけば私との間に大きな溝が生まれていた――お父さんは苦し気にそう続けました。

私はそれを聞いてショックを受けました。私がしたことが、お父さんをこんなにも傷つけていたなんて、と今更ながらに気がついたからです。

お父さんは私に謝罪しましたが、私もまたお父さんに謝罪しました。

お互いが自分が悪かったのだと繰り返し、気がつけばいつの間にか口げんかのようになっていました。

ですがそれに気がついた私達は、どちらからともなく笑いました。

お父さんのこんな自然な笑顔を見たのは何年振りかわかりませんでした。

そしておそらく、それはお父さんも同じことだったのでしょう。

それから私達は少しずつ話し合いました。これまでの溝を埋めるように、本当に少しずつ、自分達の事について語っていきました。

とはいえ、現実はドラマのようにはいきません。それで全て一気に解決とはなりませんでした。そうなるには時間が経《た》ちすぎていました。

しかしもう、私は歩みを止めることはありませんでした。

先輩の言葉を胸に抱きながら、私は少しずつ家族との絆《きずな》を修復していきました。

お父さんとだけじゃなく、お母さんや妹の雫《しずく》とも同じような話をしました。

お母さんは私の話を聞いて、何度もごめんなさいと謝りながら泣いていました。

私も一緒に泣いて、よくわかっていない感じだった雫もそれにつられて泣きました。

家族みんなで話をするようになり、少しずつ少しずつ溝は埋まっていきました。

そんな日々が続き、いつしか家族みんなで旅行に行こうという話になりました。

家族旅行なんて本当に久しぶりで、普段と違う環境がまた私達の間の距離を縮めてくれたような気がしました。

私も雫も学校があったのですが、それを休んで旅行に行くというのは、お父さんやお母さんもまた、その旅行が家族にとって大事なものだと認識していたからのようでした。

夜、旅館の部屋で、先に眠ってしまった雫を横にして、私はお父さんとお母さんと一緒に何時間も話しました。

自分を自分として誰からも見てもらえなかった怖さを語ると、お父さんとお母さんは泣きながら、また昔のように私を抱きしめてくれました。

私も涙を流し、目を覚ました雫も一緒になって泣いて、その時初めて、もう私は幽霊なんかじゃないんだと思いました。

そうして旅行から帰ってきた頃には、もう冬の寒さは和らぎ春が訪れつつありました。

私は学校に戻り、放課後を待ちました。ワクワクした気分で屋上から見下ろすと、見慣れた姿がいつも通りの場所でバスケットボールを持っていました。

気がつけば、先輩に相談したあの日からもう数週間が経っていました。

この間、私は家族との時間を取り戻すことに必死で、他のことは忘れていました。

でもそれが一段落ついた今、私は先輩に会いたくて会いたくてたまりませんでした。

会って報告したい。先輩にお礼を言いたい。

その気持ちを胸に、私は屋上から駆け降りて先輩のところへと向かいました。

「お、久しぶりじゃないか」

先輩は私を見るとそう言って微笑《ほほえ》みました。

私はその笑顔に胸を温められながら、ここ数週間のことを全て先輩に語りました。

「おかげで勇気が出せた。先輩、本当にありがとう」

そしてその話の締めくくりに、私は心からの感謝の言葉を述べたのです。

それを聞いた先輩は、最初驚いたような顔をしていました。

どうしたんだろう？　と思いましたが、すぐに、そういえばこれまでずっと自分が謙虚さも何もない生意気な後輩だったことを思い出して、私は顔から火が出そうなくらい恥ずかしくなりました。

先輩に変な子だって思われていないか、私は急に心配になりました。

そういえば先輩相手なのに、ずっと拗《す》ねた態度のまま敬語を使っていなかったことを、私は今更ながらに思い出しました。

そこで口調を改めようとしたのですが、なぜかとても胸がドキドキして、何も言えなくなってしまったのです。

「……俺は何もしてないよ。全部きみががんばったからだ。……よかったな」

やがて、先輩はフッと優しく笑いながらそう言いました。

どこまでも温かくて、そして私を包み込んでくれるような笑顔。

それを見た瞬間、私の心臓は大きく跳ね上がり、その衝撃が不意に私にある事実を告げたのです。

——私はこの人が大好きなんだ。私はこの人に恋をしているんだ。

その気持ちは驚くほどすんなりと胸に収まりました。

まるで初めからそこにあったかのように、本当になんの抵抗もなく。

気がつけば、私は家に帰っていました。あの後先輩とどんな話をしたのかも覚えていませんでした。

ただフワフワとした浮遊感と甘い痺《しび》れのような感覚が全身を包んでいました。そして自然と笑みが浮かんできて、表情がまるで制御できませんでした。

「お姉ちゃん、どうしたの？　顔、真っ赤だよ？」

雫にそう指摘された私は、どういう経緯だったか忘れましたが、妹に自分が恋に落ちたことを打ち明けました。それこそ先輩との出会いからさっき恋を自覚した瞬間まで全部。

「お姉ちゃん、恋してるんだ！　じゃあ告白しないとダメじゃん！」

「こ、こここ告白だなんて、そんな⁉」

「ちゃんと身だしなみを整えて、メイクもバッチリ決めないとだよ！　……あ、そういえばお姉ちゃん、いつまでその髪、金色のままにしてるの？」

「あ」

そこで初めて、私は自分の髪の色がそのままだったことに気がつきました。お父さんもお母さんも指摘してくれなかったし、私の家族らしいといえばらしいのですが……。

とにかく、告白するかどうかはさて置き、先輩には本当の姿を見てもらわないといけません。私は慌てて元の髪色に戻しました。

そうして翌日、私は緊張しながら登校しました。

周囲の視線は気になりましたが、そんなことはどうでもいいことでした。

とにかく私の頭の中は先輩のことでいっぱいで、他は二の次だったのです。

先輩は今の私を見てどんな反応をするのだろう——期待と不安を胸に抱きながら、私は先輩と会える機会を待ちました。

ですが、私は次第に校内の雰囲気がいつもと違うことに気がつきました。

なんだか妙に寂しいような、人の気配が薄いような……？

特に三年生の教室の方からは、普段の喧騒《けんそう》は全然聞こえてきませんでした。

私は落ち着かない気分になり、やがて耐え切れずに三年生の教室を覗《のぞ》きに行きました。

そして目に入ってきたのは、誰もいない閑散とした教室内と黒板に大きく書かれた『卒業』の文字。

そこで初めて、私は昨日が卒業式だったということを知ったのです。

ずっと学校行事どころか学校そのものから離れていた私は、当然あるべきそういった出来事について完全に失念していました。

私が二年生ということは先輩は三年生で、そして冬が終わって春が訪れるとどうなるのか、考えればすぐにわかることだったのに。

私はしばらくの間呆然《ぼうぜん》と、誰もいない教室の中で立ち尽くしていました。

しかし、以前の私ならそのまま打ちひしがれていただけだったかもしれませんが、今の私は違いました。

なぜか胸にふつふつと湧き上がるものがあり、やる気のようなものが身体中にみなぎってきたのです。

その時、私は当たり前のようにこんな考えを抱きました。

先輩を追いかけよう――と。

先輩はこの世界から消えたのではありません。単に高校に進学しただけです。

だったら、私も同じ高校に行けば先輩と会える！

信じられないくらい単純でポジティブでしたが、恋をするとそんな考えも普通に浮かんでくるのだと、私は知りました。

その後の私は、我ながらすさまじく積極的でした。

まず当然ながら、先輩の進学先を真っ先に調べました。その方法は——……えっと、その、まあ詳細は省きましょう。些末《さまつ》なことですから。……ですよね？

で、先輩の進学先が星ヶ丘学園であることを突き止めると、次にしたのは周囲への意思表明でした。もちろんみんな、私の決定に驚きました。

てっきり私が難関進学校に進むと思っていた学校側は落胆していましたが、そんなことは知ったことではありませんでした。むしろ問題は家族の方です。

これまでは普通の公立校に私を通わせていましたが、かえってそのせいで寂しい思いをさせてしまったと考えた両親は、高校はレベルに見合ったところに行った方がいいのではないかと言いました。

「いえ、お父さんとお母さんの考え方は間違っていませんでした。ただ私がこれまでうまく適応できなかっただけで、これからは違います。むしろ今までの分も取り戻すべく、高校は勉強だけでない普通のところに行きたいんです。私なら学問はどこにいたってできる自信があります。それに星ヶ丘なら家からも近いですからね」

なので私はお父さんとお母さんを前にして、いかに自分が星ヶ丘に行くべきかを理路整然と説明し納得してもらったのです。

もちろん真の理由は『そこに先輩がいるから』以外ないのですが、さすがにそんなことを両親にそのまま言うことはできませんでした。

「お姉ちゃん、その先輩って人がいるからその高校に行くんでしょ？　いいと思うけど、ストーカーにはなっちゃダメだからね？」

唯一、先輩のことを知っている雫だけは私の本心を見抜いていましたけれど。

興味津々《きょうみしんしん》でイタズラっぽい笑みを浮かべる雫に、私は「だ、誰がストーカーですか！」と反論はするものの、どうやって先輩の進学先を調べたのかと問われ、沈黙するしかなかったのでした。

そうして私は動き出しました。

先輩と再会するまでの一年で、私はやるべきことを全てやろうと決めていました。

バスケットボールのことを一から調べ、入門書を読んだり実際に試合を見たりするのはもちろん、バスケ部に見学に行ったりもして見識を深めました。

さらにそれだけに留《とど》まらず、スポーツとトレーニングについても研究し、スポーツ科学についてては大学にまで足を運んで勉強しました。

それも全ては先輩を支えるため——そう、今度はこっちが先輩のお力になろうと、私は心に決めたのです。

また同時に、私は周囲との溝も解消しようとがんばりました。

私を特別視し遠巻きに見るだけの同級生。でも私自身も、自分を周りの人間とは違うと考えて、自ら壁を作っていたことに気がついたのです。

先輩の言葉を胸に、私は自分にできることをしようと思いました。

周囲を拒絶せず、しかし迎合もしない——ようするに、私は私のまま普通に周りと接しようと決めたのです。

最初は怪訝《けげん》そうな目で見られていましたが、気にせず普通に話しかけたりしていると、やがて自然と打ち解けるようになりました。

それでもやっぱり特別扱いはされますが、それはもう仕方ないこととして開き直っていると、次第に友達と呼べるような存在もできてきました。

学校は私を拒絶する場所ではなくなり、普通に学生として過ごす場所になっていきました。私はようやく、本当の意味で『生徒』になれた気がしました。

そうして私は、待ち遠しくもあっという間の一年間を過ごしました。

高校はもちろん星ヶ丘学園を受け、問題なく試験を突破。

入学した私が真っ先にしたことは、もちろん先輩に会いに行くことでした。

「…………っ！」

けれど先輩の姿を見つけた時、うれしさと同時に私は心臓が爆発しそうなほどの緊張に襲われたのです。

会えなかった一年間で強まった想《おも》いは、自分でもビックリするくらい深く大きくなっていて、まるでコントロールできなくなっていました。

先輩のことが好きすぎて、逆に私は先輩に話しかけることさえできなくなっていたのです。私は自分の恋心の底なし加減に戦慄しました。

しかし一つだけ解決策があって、それはマネージャーとして接することでした。

もともと私は先輩のお力になるために、先輩の所属するバスケットボール部にマネージャーとして入部するつもりだったので、結果として一石二鳥なことになりました。

今はとにかく、マネージャーとして先輩を支えよう。

でもいずれ、一人の女の子として先輩に気持ちを伝えるんだ。

そんな想いを胸に秘め、私はマネージャーとしての活動を開始しました。

ただ想定よりも私が情けな――いえ、私の先輩が好きという気持ちが強すぎたため、なかなか思うようにはいきませんでした。

それでも先輩と二人きりの居残り練習にお付き合いできるようになったり、妹の雫《しずく》に認めてもらえたり、お見舞いで先輩の家に行くことができたりと、少しずつとはいえ前に進んできました。

だからこのままゆっくりでも確実に先輩とお近づきになれれば、いつかマネージャーではない、先輩が大好きな一人の女の子として、この気持ちを打ち明けることができるようになるんだ――

……そう、思って、いたのに……！

★

「…………あ」

ふと意識が過去から戻り、我に返った私。

気がつくと私は巨大な建物の前で、一人立ち尽くしているところでした。

……ここは、新浪アリーナ？　私はいつの間にか臨海部まで来ていたのですか？

空を見上げると、太陽は既に沈んでいました。

星がわずかに輝く暗い夜が、私の頭上に重く広がっています。

どうやって、どうして私はこんなところにいるのか、まるでわかりませんでした。

学校を飛び出した後の足取りも、どうやって過ごしていたかも記憶にありません。

……意識は過去に飛んでいたはずなのに、無意識のうちにここに来るなんて。

「もうチケットは、捨ててしまったのに……」

そう呟《つぶや》いたのと同時に、アリーナのドアが開き多くの人が外に出てきました。

どうやら試合はもう終わったようです。

チケットがどうとか、もうそういう問題ですらなくなってしまいました。

その人達を呆然としながら眺めていると、中にはカップルと思《おぼ》しき男女もいました。

……私と先輩も、あんな風に……。

しかしその可能性は、もう自分の手で投げ捨ててしまったのです。

その時、ふと海の方へと目をやると、対岸に大きな観覧車が見えました。

美園《みその》臨海テーマパーク――先輩を誘いたかった、本当の場所です。

でも今は、その代わりと思っていた新浪アリーナにさえ、先輩の姿はありません。

何もできない私が、一人寂しく立ち尽くすばかり。

「……う、……ひぅ……っ」

望んでいた光景とのあまりの落差に、私はついに悲しさを抑えられなくなりました。

――どこにも私の居場所はなくて、まるで幽霊にでもなったみたい。

――ここで泣き出せば、誰か気づいてくれるだろうか。

そんなことを考えている自分が情けなくて、寂しくて。

ぼやける視界に流されるように、私が声を上げようとしたその時でした。

「……はぁ、はぁ、ここに……いたのか……」

いるはずのない人が、いてほしい人が、確かにそこにいたのです。

第八章　バスケを続ける少年

「……先輩？　どうして、ここに……？」

姫咲さんは愕然《がくぜん》とした顔でこちらを見ていた。

瞳は濡《ぬ》れて、赤かった。それを見ていると、胸がキュッと締め付けられるような気がした。これはきっと、急いで走ってきて心臓が音を上げているからじゃなかった。

俺はぜぇぜぇと荒い息をなんとか整えながら、姫咲さんの方へ近寄った。

ビクッと震える姫咲さんに、俺は無言でポケットの中のものを差し出した。

「え……？」

姫咲さんの目が大きく見開かれた。

そこにあったのは、すっかりシワくちゃになってしまったチケットだった。

姫咲さんがゴミ箱に捨てて、俺が取り出したバスケのチケット。

ずっとポケットに入れてたんだから仕方がない。

「ど、どうして、これが……？」

「ゴミ箱から拾ったんだよ」

「え⁉　なぜ先輩が、そんなことを……！」

「話は後。とりあえず急ごう」

俺は驚く姫咲さんの手を取って、新浪アリーナへと向かおうとする。

「ど、どこへ行くんですか？」

「アリーナ。バスケの試合のチケットだろ、それ」

「で、でも、もう試合は終わってますけど……」

「ええ⁉」

それを聞いて、俺は素っ頓狂な声を出して足を止めた。

姫咲さんが恐る恐るといった感じでチケットに書かれた日時の部分を指さす。

俺はスマホを取り出して時刻を確認すると、確かにもう過ぎていた。

「……マジか。急いで来たのに……」

全身の力が抜けていくような感覚だった。努力が全部水の泡になったような気分だ。

俺はガクッと膝に手をついた。それだけじゃなく、これまでの疲労が一気に襲ってきたのか、そのままその場に崩れ落ちそうになった。

「せ、先輩⁉　大丈夫ですか⁉　と、とりあえず、向こうのベンチに……！」

なんとか姫咲さんに支えてもらい、俺はベンチのところまで行ってドカッと腰掛けた。姫咲さんもその隣に座り、心配そうにこちらを見ていた。

「はあぁ……、結局無駄骨だったのか……。ごめんな、姫咲さん……」

俺が深いため息とともに謝罪すると、姫咲さんは「そ、そんな」と驚いたような顔でぶんぶんと首を振った。

「それよりも、どうして先輩がここにいるんですか。しかもそのチケットを持って……」

「決まってるだろ。姫咲さんに届けに来たからだよ」

「と、届けにって、それは私が捨てたものなのに……！」

「……知ってるよ。見てたから。でも、どうしても届けないとって思ったんだよ。あんな顔をされちゃあ……」

「あんな、顔……？」

「すごく悲しそうで、今にも泣きだしそうで……。なんでそんな顔をしてるのかわからなかったけど、ダメなんだよ俺……。あんな顔されたら居ても立っても居られなくなって、なんとかしなくちゃって思って……。それで、追いかけた」

姫咲さんが息を呑《の》んだのがわかった。

驚いているのか呆《あき》れているのか、もしくはその両方か。

まあ、我ながら説明になってないと思うから無理もない。

……でも、本当にそうしないとって、そうするしかないって思った。

「でもどこに行ったかわからなくてさ。何度も電話したけど出なくって、電源が切られてるってばかりで」

「え？ ……あ！ い、いつの間に。無意識のうちに……」

「仕方ないからまず姫咲さんの家に行ったけど、雫ちゃんに訊《き》いてもまだ戻ってないって言われて……。それから他の心当たりの場所——公園とか、ショッピングモールとかを探し回ったけど、やっぱり見つけられなくて」

「そ、そんなところまで？ 今までずっと？」

「そう、ずっと捜してた。でもいなくて、空もだんだん暗くなっていってさ、途方に暮れてたんだ。でもその時ふと、チケットのことを思い出して、見たら新浪アリーナって書いてあってさ」

俺は、今は姫咲さんの手にあるチケットを指さす。

「もちろん、チケットは俺が持ってるんだから姫咲さんがそこにいるはずないだろうとは思ったんだ。……でももう他に当てもなくて、そこに行くしかなかった。で、結局こうやって見つかってよかったよ」

その間、ずっと走り続けた。

とりあえずしばらくは、もう一歩も動きたくない気分だった。

俺が話を終えても、姫咲さんはしばらくの間呆然《ぼうぜん》とこちらを見つめているだけだった。

「……どうして」

だけどやがて、姫咲さんは真《ま》っ直《す》ぐにこちらを見据えて口を開いた。

「どうして、そこまで私のためにしてくれたんですか……？　いきなり何も言わず飛び出して、何の説明もないまま捨てたチケットまで拾って……」

「だから、それはさっき言った通り――」

「それだけなんですか？　ただ私のことが放っておけなかったってだけで、こんな、こんなことまでしてくれたんですか……？」

俺はその問いに「そうだ」と頷《うなず》こうとした。……けど、できなかった。

姫咲さんの視線があまりにも純粋で、強くて、……そして弱々しかったから。

どこかすがるような――寂しい光を宿した瞳。

俺はその瞳に突き動かされるように、気づいたら口を開いていた。

「…………俺の中学時代の話なんだけど、一人の女の子がいたんだ。その子とさっきの姫咲さんの顔が一瞬ダブって見えた。それが本当の理由だ」

「え？　そ、それはどういう。それに、中学時代、女の子って……」

「その子は、俺にとって特別な存在なんだよ」

俺はそう言って、どこか観念したような気分で話を続けた。

これは今まで誰にも口にしたことのない話だった。それこそ、長年の幼馴染《おさななじみ》である啓《けい》介《すけ》や千尋《ちひろ》も知らない話だ。

俺と——そしてその子だけの出来事。誰にも話すつもりはなかったけれど、俺はもしかしたら、誰かに聞いてほしかったのかもしれない。

でも、その相手がまるで関係のない姫咲さんなのは、我ながら不思議なことだった。

「前にも言ったけど、俺は小さい頃からずっとバスケを続けてきた。小学生の頃はジュニアバスケでもレギュラーから外れたことはないし、いわゆるエース扱いだった。今では信じられないだろうけど、当時の俺はあの啓介や千尋よりもずっと活躍してたんだよ」

「そう、だったんですか……？」

「想像し辛《づら》いかもしれないな。まあ今が今だから仕方がないか……。ご存じの通り、俺はバスケをするには身長が足りてない。でも小学生まではそれでもなんとかなってたってわけだ」

しかし中学に上がってからは、だんだんと誤魔化しがきかなくなっていった。

周囲の連中の背がグングン伸びる中、俺の身長だけは取り残されていった。

牛乳を飲んだりぶら下がり機を使ったり、ネットで『背が伸びる体操』というタイトルの動画を見たりして実践したが――……まあ、結果は全然だった。

「バスケ部には入っていたけど、一年生の中盤でとうとうレギュラーから落ちた。それ以降はずっと補欠の平部員で、平たく言えば今と同じ境遇だ」

「で、でも、今と同じということは、先輩は決して挫《くじ》けることなくバスケを続けて、一人で練習なんかもしてがんばっていたんでしょう？」

「うん、そうだよ。ただ、今の言葉には一つだけ違う箇所がある。決して挫けることなくってところだ。……実際、あの頃の俺は挫けかけてたんだよ」

俺の言葉に、姫咲さんは小さく息を呑んだ気がした。

あの頃のことを思い出すと、今でも少し辛くなる。

終わりのない階段を上り続けているような、そんな感覚……。

「練習はずっと続けてた。それこそ今と同じように、部活が終わった後も一人でずっと。実際テクニックなら誰にも負けないって自信はその頃からあったよ。でも、それだけじゃどうしようもないんだって嫌ってほど教え込まれたのもその時だった」

スポーツはフィジカルがとても重要だ。その中でもバスケは身長というフィジカルの比重がとても大きい。一方で、そんな身長という要素は努力でなんとかなるものでもない。

「どれだけ努力しても、身長のあるやつには勝てない。どれだけ練習しても、背の高いやつ以外はそもそも見てももらえない。そんな状況が中学時代はずっと続いて……。表向きはそれでも気にせず続けてたけど、でも実際のところ、心はほとんど折れかけてた。中学三年の頃には、もしかしたら気づかないうちに折れてたのかもしれない。だって、もう高校になったらバスケはやめようって考えてたから」

「……え？」

俺の言葉に、姫咲さんは信じられないといった表情を見せた。

だけど事実だ。相変わらず一人で居残り練習は続けてたけど、それはほとんど惰性で、心の中ではこんなものは無駄だと思い始めていた。

……実際、俺がそんなになってもまだかろうじてバスケを続けられていた理由は、好きだからということと、啓介達との約束があったからだ。

でも、好きという気持ちもそんな状況が続くとだんだん萎えていく。

約束だって、そんなものなくても千尋はもうその頃から十分活躍していたし、そもそも二人とも口約束なんて覚えてさえいないかもしれない。

そう考えると、急に全てがどうでもよくなっていった。

もうバスケは諦めて、別の道を探そう。高校に行ったら違うことをしよう。

居残り練習だけは意地でも続けていた俺だったけど、卒業間際《まぎわ》の頃にはもうそんな考えが頭の中で支配的になっていた。だったらいっそ、この無駄な行為ももうやめてしまおうか――そう思っていた時…………、俺はあの子と出会ったんだ。

「そ、それは……」

「変な子だったよ。出会いは空から答案が降ってきたこと。その子が屋上から捨てたんだけど、なんとそれが百点満点の答案でさ。けど名前欄には何も書かれてなくて、なんだこりゃって最初は思ったんだ」

「…………っ‼」

俺が笑いながらその子の印象を口にすると、姫咲さんはなぜかハッとした様子で口を押さえた。姫咲さんも笑いをこらえているのか、俺は気にせず続けた。

「仕方ないから追いかけて渡したんだけど、その子を見て驚いたんだ。なんと髪が金色に染まっててさ。俺の通ってた中学は公立だったけど全然荒れたところじゃなかったから、ビックリしたよ」

……あの時は結構衝撃的だったな。こんな子がうちにいたのかって。

「内心ヤンキーか不良かってビクビクしてたんだけど、実際に話をしてみると確かにちょっと不愛想《ぶあいそう》ではあったけど普通の女の子で、そのギャップも不思議な子だったな。あとなにより、その答案を捨てたって行為自体も理由も意味不明だったのが印象的だった」

いらないから捨てただけ——あの子はそう言ってたけど、普通は満点の答案がいらないってことはないだろうし、それを屋上から捨てたりもしない。

「まあとにかく、俺はその子に答案を返してそれで終わりだと思ってたんだけど、その子はなぜか次の日も、またその次の日も答案を捨て続けたんだ。で、俺はその度に拾っては届けてってのを続けた」

「ど、どど、どうして……！　せ、先輩は、そんな……ことを……!?」

「そうだな。なぜか気になったっていうのが正直な理由だよ。もっと具体的にいうなら、その子の目がとても気になった」

「目……？」

「なんだろう……、悲しいような寂しいような、それでいて助けを求めているようにも見える……、そんな目をしてたんだ。あくまでも俺の主観だけど」

ああいう目をされると、俺はとても弱い。放っておけなくなる。

……昔、千尋がバスケで挫けそうになった時もあんな目をしてたな……。

「それで、そんな日々がしばらく続いた後、俺はその子から相談を受けたんだ。内容は詳しく話せないんだけど……、その中でその子は全然違う状況のはずなのに、俺と同じ悩みを抱えていた」

――がんばってもどうしようもないことがある。

――誰も自分を見てくれないし。みんなが自分をいない者のように扱う。

それはまさに、俺がこれまでバスケのことで感じてたのと同じ悩みだった。

彼女はまるで違う状況にいながら、俺と同じ苦しみの中にいたんだ。

「それを聞いて、俺はこう返した。無駄な努力なんてないし、がんばる人はきっとどこかで誰かが見てる。だから、絶対に諦めちゃダメだ――と。……でもそれは、実は彼女に向けての言葉じゃなかったんだ」

「え？」

「本当は、あれは自分に向けての言葉だった。努力は無駄じゃないし、どこかの誰かががんばりを見てくれている――そう信じたかった俺自身の願望が、その時そのまま口から出たんだ……」

信頼して打ち明けてくれた悩みに対する回答じゃなかった。

無責任に、自分が「そうだったらいいな」と思ったことを返しただけだった。

「その後、その子は姿を見せなくなった。悩みは解決しなかったのか、それとも俺の答えに呆《あき》れたのか。どちらにせよ、もう二度と会えないだろうと思ってたんだけど……、卒業式の前の日に、彼女は再び姿を見せたんだ」

笑顔だった。今まで見たこともないような、本当にうれしそうな最高の笑顔。

そして彼女は言った。俺のおかげで悩みが解決したと。だからありがとう、と。

「本当は俺は、その子からの感謝なんて受ける資格はなかったんだ。俺はただ単に自分の願望を口にしただけだったから。……でも彼女は、その願望を実践して、自分の力で悩みを解決した。俺なんかより、ずっとずっと強かったんだよ……」

諦めた俺と、諦めなかった彼女。

俺は猛烈に恥ずかしかった。自分で自分が許せなかった。

「……俺が今もバスケを続けられてるのは、実はその子のおかげなんだ」

「え……？　えええ⁉」

「俺はその子からのお礼を受けて、絶対にこの感謝を裏切っちゃダメだって思った。俺が諦めたら、俺の言った言葉もウソになる。そうしたら彼女のがんばりも否定してしまうような気がして」

「で、では、ほ、本当に……？」

「うん。彼女のことを考えると力が湧いてきて、折れかけてた心も支えられるような感じだった。高校に上がった俺は結局やめずにバスケ部に入って、今も平部員だけどこうしてがんばってる。……それも、他ならないあの子のおかげなんだよ」

バスケが好きだということもある。幼馴染との約束もある。

でも一番の理由は、いつかあの子の笑顔に応えられるような人間になりたいからだ。

あの子の努力に恥じないように、自分の言葉を曲げないように……。

「さっきの姫咲さんを見て、その子のことが頭に思い浮かんだ。そしたら身体《からだ》が勝手に動いて、姫咲さんを追いかけてたんだ」

俺はそう言って話を締めくくった。

我ながら、改めて個人的な理由だなと思った。

隣を見ると、姫咲さんは俯《うつむ》いたまま黙っていた。髪で隠れて表情は見えないけれど、今の話を聞いてどう思っただろう？　呆れただろうか？

どちらにせよ、俺は自分にできることをやったと思う。

だからこそ――……悔しかった。

「……でも、俺のしたことは無駄だったのかもしれないな」

「え？」

気づけば、俺はそんなことを口にしていた。

それは弱音で、姫咲さんに言うべきことじゃないとわかっていたけれど、俺の口は止まらなかった。無力感が言葉となって漏れていく。

「自分にできることをやったつもりだったけど、でも結果はともなわなかった……。チケットは届けられたけど、結局試合は観られなかったし。……ごめん、それ、観たかったんだよね」

「あ、こ、これは、その……！」

「がんばっても、努力しても、どうしようもないことはやっぱりある。それはバスケも同じだから——結局は、そういうことなのかもしれないな……」

「先輩……？」

あの子が悩みを乗り越えられたのは、結局あの子自身が強かったから。

でも俺には、自分の言葉を現実にする力はなかった。

それが、今更ながらにハッキリとわかったというだけなのかもしれない……。

その時、遠くから鐘のようなものが鳴り響くのが聞こえてきた。

出所を探ると、どうやら対岸にある遊園地かららしい。閉園を報《しら》せる音のようで、スマホを見るといつの間にかかなり遅い時間になっていた。

「っと、もうこんな時間か。早く帰らないとヤバいな……。行こう、姫咲さん。家まで送っていくから」

俺は立ち上がり、姫咲さんにそう促す。

しかし姫咲さんは俯いたままの姿勢で動かない。

どうしたんだろうと思ってもう一度口を開きかけた時、今度はいきなり姫咲さんがバッと振り返りながら、こちらに迫ってきた。

「うわっ⁉　ど、どうしたの⁉」

「ま、待ってください……！　まだ、もうちょっとだけ……！」

「え、なんで？　もう遅い時間だし、早く帰らないと。それとも、まだ何かここに用事でもあるの？」

「そ、それは……！」

俺はとりあえずベンチに座り直しながらそう訊《たず》ねる。

すると姫咲さんは、なぜか真っ赤になりながら必死に口を動かしていた。

「で、ですから、その……！　そ、そう！　マネージャーとして、先輩にまだお話があって――……い、いえ、違います！　そうじゃないんです……！」

姫咲さんはギュッと目をつぶり、ふるふると頭を振った。

やがて手を胸にあてて、何かを決意したような強い目で俺を見据えると、ほとんど泣きそうな声でこう続けた。

「わ、わたっ、私が……！　マネージャーとしてじゃなくて……！　私が、今、ここで、先輩と一緒にいたいから……‼」

「姫咲さん……？」

絞り出すようにそう言う姫咲さんから、俺は困惑しつつも目が離せなかった。

頭をフラフラとさせ、今にも倒れそうになる姫咲さんを、俺は咄嗟《とっさ》に支える。

その瞬間、ドンッという音とともに、夜の空が明るくなった。

俺達が振り向くと、対岸の遊園地から花火が次々と打ち上げられているところだった。

その色とりどりの輝きに、俺も姫咲さんも無言のまま目を見張る。

「……先輩」

やがてそんな中、姫咲さんがそっと口を開いた。

「先輩のしたことは、全然無駄なんかじゃありません」

振り向くと、姫咲さんと目が合った。

「だって、こうやって花火を見ることはできましたし、それに……」

「それに……？」

俺の言葉に、姫咲さんは笑った。

それは、今までで一番優しくて温かくて、そして可愛《かわい》い笑顔だった。

「先輩のがんばりは、私がちゃんと見ていますから」

その瞬間、不意にあの女の子の姿が姫咲さんに重なった気がした。

俺の言葉を信じて前に進んだあの子。

そして俺が、その強さに恥じないような人間になろうと誓ったあの子。

まるでその一言で、あの子に認められたように思えて——

「……ありがとう」

俺は熱くなった目頭を隠すかのように、花火が照らす夜を見上げるのだった。

★

「……って、いうことがあったんですよ！」

「あったんですよ——じゃない‼　なんでそこで告ってないんだよおおおおぉ‼」

雫《しずく》の絶叫が私の部屋に響きますが、私は気にせずえへへと笑っています。

心がポカポカして、全身がふわふわして、頭の中には幸せ以外ありませんでした。

「普通さ、そこまでいったら告るでしょ⁉　その思い出の子は私だったんですって、そんでずっと先輩のことが好きだったんですって！　そういう場面じゃん⁉　そこで告らないでいつ告るんだって話だよ！」

「まあまあ雫、落ち着いて」

「お姉ちゃんのことだよ⁉　なんでそんなのん気なわけ⁉」

雫はヒートアップしていますが、私は幸せ一杯で満足しきっていました。

あの後、私達は花火を見終えて家に帰りました。

先輩に普通に送ってもらって、普通にまた明日《あした》と言って別れました。

そして今こうやって、これまでの経緯を雫に報告しているところなわけですが、

「最強のチャンスを逃したんだよお姉ちゃんは⁉　なんでそんなヘラヘラしてんの！」

雫はさっきからこの調子で、なぜかずっと憤慨しているのです。

「だって、先輩と一緒に花火を見られたんですよ？　それになにより、先輩は私のことを覚えていてくれて、しかも特別な存在だって……！　きゃーっ！」

「きゃーっ！　じゃねーっ‼」

「それにそれに！　なんと先輩、私のことをカフェに誘ってくれたんですよ⁉　日頃お世話になってるお礼がしたいからって！　これってもう、結婚を前提としたお付き合いといっても過言じゃないじゃないですか！」

「……【悲報】うちのお姉ちゃんがアホになってしまったんだが……、と」

「鹿島さんと一緒にいたのも誤解だったってわかりましたし……」

私は先輩にカフェに誘われた時に言われたことを思い出します。

なんと先輩はあらかじめカフェの下見をしておきたくて、一人では行きづらいからという理由で鹿島さんについてきてもらったのだそうです。

それだけで他に意図はなく、しかも実は後から早乙女さんも合流して三人で下見していたとか。なぜかそのことはあまり言及したくない様子でしたが、ともかく！

「単なる私の早とちりだったんです！　本当は私のために……、そう１００％私のためにしてくれた行動だったんですよ！　ああ、先輩……！」

「……すごいなー。天才なはずのお姉ちゃんの頭の上にお花畑が見えるよ」

雫の呆れたような冷めた声も、今の私には届きませんでした。

「はぁ……、でもまあ、とりあえずはよかったねお姉ちゃん。そこまでいい雰囲気になって告らないのはマジヘタレだと思うけど……、でもお姉ちゃんにしてはよくやった方だと思うよ」

「そうでしょう⁉　そうですとも！」

小学五年生の妹に上から目線で言われても、今は全然気になりません。

「マネージャーとしてって言い訳じゃなく、お姉ちゃん自身としてちゃんと一緒に花火が見たいって言えたのはよかったと思う。その成長は高評価」

「ふっ、雫も私の実力がようやくわかってきたようですね……」

「うぜー……。ってかそこで満足しきってる時点でダメなんだけど……。でもまあこれからだよお姉ちゃん。そのカフェでのデートが重要。そこでまたマネージャーじゃないお姉ちゃんとして、ちゃんと如月《きさらぎ》さんに告れるかどうかに全部かかってるからね」

　雫がそう念押ししてきますが、私は胸を張って答えます。

「任せておいてください雫。もう私はマネージャーなんて立場がなくても先輩と接することができるようになりましたからね。で、でもまだ告白というのは早くないですか？　その、もし先輩に受け入れてもらえなかったら……」

「自信があるのか不安なのかどっちよ……。ってか如月さんも絶対お姉ちゃんのことは気になってるでしょ。じゃなきゃ追いかけてなんて来ないだろうし。過去のフラグもあるんだから、告れば絶対ＯＫもらえるって」

「ほ、本当でしょうね？　１００％受け入れてもらえる保証は⁉　も、もし失敗なんてしたら、私は確実に死んでしまうんですよ⁉」

「……お姉ちゃんって実はヤベー女だったんだぁ……」

……なんでそこで遠い目になるんですか。

「保証なんてないよ。とにかく勇気出すしかないでしょ。まあ、今のお姉ちゃんならできるんじゃない？　一応成長したみたいだし」

「そ、そうですよね。……よーし、カフェデートで先輩とさらにお近づきになって、そして、こ、ここ、恋人に……！　さらには結婚、夫婦、家庭も……！」

「……あー、こりゃダメかも」

なぜか呆《あき》れた様子の雫はさて置き、私は決意を固めます。

私のことを覚えていてくれた先輩。私のことを特別な存在と思ってくれていた先輩。

もうそれだけで涙が出るくらいうれしくて、私の心に勇気が湧いてきます。

ずっとずっと見ていたい。ずっとずっと傍《そば》にいたい。

そのためにも、勇気を出して一歩を踏み出すんです。あの時、先輩にそうしてもらったように、今度も……！

「待っていてください先輩……！」

私は足踏みしそうになる心を奮い立たせるように、大丈夫だと自分に言い聞かせます。

だって——

だって私は、初めて見た時からずっとずっと先輩のことが大好きなんですから！

エピローグ

「あ、せ、先輩……。今日も、その、練習……、が、がんばってください……」

「あ、う、うん。ありがとう……」

いつも通りの居残り練習。

でも俺も姫咲さんも、どこか緊張してぎこちない感じだった。

原因はわかってる。昨日一緒にカフェへ行ったことだ。

先日の出来事があった帰り道、俺は姫咲さんに日頃のお礼がしたいということで、なんとか予定通りカフェに誘うことができた。

で、昨日そのカフェに行ってきたんだけど、そのことが今日まで尾を引いているのは間違いなかった。

じゃあ何かあったのかって思うかもしれないけど、逆だ。

……何もなさすぎて、なんだかメチャクチャ気まずかったんだよ。

下見してわかっていたことだとはいえ周りはカップルだらけ。

俺は女の子と二人で出かけるなんて経験がなかったし、なによりカフェに来たのは日頃お世話になってるお礼のためで、デートだなんて絶対に誤解されないよう気をつけるのに必死だった。

ようするに無茶苦茶緊張してたんだけど、それはなぜか姫咲さんも同じだったんだ。

なんだかすごく力んでるというか、ちょっと話しかけただけでビクッてなってたし、あれは絶対警戒してたんだと思う。

このカフェに来られたのはうれしいと言ってはくれたけど、終始ガチガチに緊張してたし、頻繁に何か言おうとしてやっぱり口を噤《つぐ》んだりしてたし。

そうなると俺も、このお礼のし方はやっぱり失敗だったんじゃないかって、さらに気をつかうことになり——……結果として二人ともずっと緊張しっぱなしのまま、ほとんど何も話さずカフェでの時間が終わったというわけだった。

で、その気まずさは今も残ったまま。

「…………」

「…………」

「……な、なかなか、現実って思った通りにはいかないものですね……」

「……そうだね。うん、その通りだと思う……」

お互い気まずさＭＡＸで、俺達はそんなよくわからない言葉を交わす。

姫咲さんはチラチラと俺の様子を窺《うかが》うような視線を投げかけてきて、なんだかそれがものすごく気をつかわれているような感じがして――

「え、えっと……、今日は持久力をつけるトレーニングにするよ。その、またランニングに行くから、姫咲さんは先に帰っても大丈夫だから」

これ以上話をしていると自分の不甲斐《ふがい》なさにいたたまれなくなりそうなので、俺は思わずそう言って踵《きびす》を返した。

いつの間にか姫咲さんのいない居残り練習なんて考えられなくなっていた。

でもそれを口にしたら変な誤解を招きそうで、できなかった。

だからお礼にということであんなお誘いなんてしたんだけど、結果はご覧の有様《ありさま》だ。

俺はほとんど逃げ出すみたいな形で走り出そうとした。

「ま、待ってください」

だけどその時、姫咲さんが俺の服を摑《つか》みながら呼び止めた。

振り向くと、姫咲さんは何か言いたげに口を動かしていたが、言葉は出ていなかった。

けれどやがて、なにかを決意するような感じで「ん……っ」と息を吞《の》むと、真《ま》っ直《す》ぐに俺を見据えながらこう言ったのだった。

「ら、ランニングに行くなら、私もついて行っていいですか⁉」

学校の近くを流れる川の土手。

夕陽《ゆうひ》に照らされながら走る俺の横を、姫咲さんが自転車で並走していた。

「姫咲さんって徒歩通学じゃなかったっけ……？」

聞けば、こうしてランニングについて行くことは前から考えていて、自転車置き場にずっと置きっぱなしにしていたとのこと。

「こういう時のことを考えて、実は事前に自転車を用意しておいたんです」

どうしてそこまでと訊《き》くと、返ってきたのはいつもの答え。

「ま、マネージャーの務めとして、あらゆる状況を想定しておくのは当然ですから」

相変わらずの責任感に俺が頭が下がる思いでいると、ふと姫咲さんはどこか不安そうな顔で、こう訊《たず》ねてきた。

「……あの、先輩にずっと訊きたかったことがあるんです」

「なに？」

「わ、私、先輩のご迷惑になってるんじゃないかって……」

それを聞いて、俺は走る足が思わずもつれかけた。

「な、なんで急にそんなことを？」

「そ、それは……、こうやって居残り練習にお付き合いさせていただいているのも、ほとんど私から押し掛けたようなものですし……」

「そ、そんなことないよ。全然」

俺はもちろんすぐさま首を振って否定する。

……迷惑だなんて、そんなの思ったこと一度もない。

むしろ、俺の方が姫咲さんに迷惑をかけてるんじゃないかってくらいなのに。

どこまでも真面目な姫咲さん。本当は、俺がどれだけ姫咲さんのおかげで助かっているか、どれだけ感謝しているか、知ってほしかった。

でも、それを口にするのは躊躇《ためら》われた。

昨日のカフェでのお礼が大失敗だっただけに、上手に感謝の気持ちが伝えられるだろうかと尻込みしてしまうのだ。

「…………」

結局、俺はそのまま無言で口を噤もうとした。

けれどその時、ジッとこちらを見つめる姫咲さんの姿にハッと息を呑んだ。

夕陽に照らされた姫咲さんの髪が、まるであの子の金髪のように見えたのだ。

——先輩のがんばりは、私がちゃんと見ていますから。

同時に、あの日姫咲さんからもらった言葉が頭の中によみがえる。

あの時と同じように、とても温かく力強い何かが胸に満ちていくような感覚。

「……できれば、これからもこうやって、練習に付き合ってもらえるとうれしい」

気がつけば、俺はそう口にしていた。

どこまでも正直に、自分の気持ちを出そうと、素直にそう思った。

「姫咲さんがいてくれると、その……、すごくがんばれる気がするから……」

それでもやっぱり恥ずかしくて、最後の方は尻すぼみになってしまった。

俺は恐る恐る視線を向け、姫咲さんの反応を探った。

「………」

姫咲さんは大きく目を見開いて、無言で俺を見つめていた。

でも間もなくふっと小さく息を吐いて、笑ったのだ。

「はい、もちろんです。だって私は、先輩のマネージャーですから」

その笑顔は、今まで見た中でも最高に可愛《かわい》く思えて。

「……あれ、先輩？　どうかしましたか？」

「あ、いや、なんでも」

俺はドキドキと胸を高鳴らせながら、思わず目を逸《そ》らしてしまうのだった。

「そういうことなら私にお任せください。持久力をつけるトレーニングのこともバッチリ研究してありますから！　他にもいろいろと、先輩のお役に立てるようなアイデアはいくつもストックしてありますからね！」

俄然《がぜん》やる気を見せる姫咲さんに、俺は不思議な安心感を覚える。

できることなら、ずっとこうして傍にいてくれたら……。

そんな、分不相応なことなんかも考えながら、俺は軽やかに走り続けるのだった。

「あ、でも今すぐこの場で適用できるようなものはないので……。え、えっと、とりあえず応援させていただきます！　が、がんばれがんばれ先輩っ！」

「さすがにそれは恥ずかしいんですけど⁉」

あとがき

はじめましての方は、はじめまして。お久しぶりの方は、お久しぶりです。

新刊が出るたびに代わり映えのない挨拶に悩んでいる著者の恵比須清司《えびすせいじ》です。

本作品『一日百回（くらい）目が合う後輩女子マネージャーが想《おも》っていること』——略称『ひゃくマネ』はいかがだったでしょうか。タイトルが長めなので、ぜひ略称の方で作品を覚えていただければと思います。

さてこの作品は「こんな後輩女子がいる学校生活を送れたら……」という、わりと身も蓋もない願望丸出しなコンセプトで書かれたものとなっております。

やたら目が合うあの子が、実はこんなことを考えていたら……？

そういう方向性がそのまま題名にもなっていて、普段は私にとって一番苦労するところであるタイトル決めが、今回は比較的スムーズに終わったのはよかったです。

内容もまさにタイトル通りで、頻繁に視線が合ってしまう後輩女子マネは、実は心の中でこんなことを考えているんだという部分を、思う存分楽しんでいただければ幸いです。

ああ、こんな後輩女子マネがいる青春を過ごしたいだけの人生だった……。

とまあそんな嘆きはさて置き、今回も担当編集の田辺《たなべ》さんには、当初の思いつきに近いアイデアを作品という形にまとめ上げるにあたり大いに力になっていただきました。

私は作品を書き始める前にかなり厳密にプロットを固める派なのですが、その面倒な作業にも辛抱強く付き合っていただき、とても心強かったです。

イラストレーターのみこフライさんにも、美麗なイラストを描いていただき本当に感謝しております。みこフライさんの描く後輩女子マネージャーの可愛《かわい》さに、是非とも思いっきり魅了されてください。私はもちろんされました。

それにしても、何か作品を世に出すたびに、多くの人々に支えてもらっているということを改めて実感しています。この作品を手に取ってくださった読者の方々も含め、この場で感謝の意を述べさせてください。ありがとうございます。

それでは、またお会いできる機会があることを願って――

二〇二二年四月二十三日　恵比須　清司

富士見ファンタジア文庫

一日百回《いちにちひゃっかい》(くらい)目《め》が合《あ》う
後輩女子《こうはいじょし》マネージャーが想《おも》っていること

令和４年６月20日　初版発行

著者――恵比須清司《えびすせいじ》

発行者――青柳昌行

発　行――株式会社KADOKAWA
〒102-8177
東京都千代田区富士見2-13-3
0570-002-301（ナビダイヤル）

印刷所――株式会社暁印刷

製本所――本間製本株式会社

ISBN978-4-04-074578-7 C0193　◇◇◇

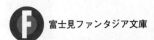

学校……じろじろ見ないで
【朗報】
俺の許嫁になった地味子、家では可愛いしかない。
秘密の結婚生活《ラブコメ》！